半近古村
半近城

庄越之 文
王晓晶 绘

SPM
南方出版传媒
广东人民出版社
·广州

图书在版编目（CIP）数据

半近古村半近城 / 庄越之文 ； 王晓晶绘. -- 广州 :广东人民出版社, 2016.7
（中山客Mini系列）
ISBN 978-7-218-11074-5

Ⅰ. ①半… Ⅱ. ①庄… ②王… Ⅲ. ①散文集－中国－当代 Ⅳ. ①I267

中国版本图书馆CIP数据核字(2016)第175330号

BAN JIN GU CUN BAN JIN CHENG
半近古村半近城 庄越之 文 王晓晶 绘

出 版 人：曾 莹

责任编辑：李锐锋 冼惠仪
版式设计：陈宝玉
封面设计：蓝美华

选题策划：广东人民出版社中山出版有限公司
策　　划：何腾江 吕斯敏
电　　话：（0760）89882926 （0760）89882925
地　　址：中山市中山五路1号中山日报社8楼（邮编：528403）

出版发行：广东人民出版社
地　　址：广州市大沙头四马路10号（邮编：510102）
电　　话：（020）83798714（总编室）
传　　真：（020）83780199
网　　址：http://www.gdpph.com
印　　刷：广东信源彩色印务有限公司
开　　本：787mm×1092mm 1/32
印　　张：6 字　　数：61千
版　　次：2016年7月第1版 2016年7月第1次印刷
定　　价：33.80元

如发现印装质量问题影响阅读，请与出版社（0760-89882925）联系调换。
售书热线：（0760）88367862 邮购：（0760）89882925

朴旧的平房，
明净的街道，
连空气都变得温润起来。

碧绿的多肉，萌趣十足。

推荐序

知堂（周作人自号知堂）说过，文章有三种，第一种是讲究文以载道，要面红耳赤地卫道或声嘶力竭地辟邪；第二种是要音调铿锵，可以摇头摆脑吟诵的；第三种是话里头有见识和趣味，语句又能恰如其分把这意思表达出来。也许第三种最符合庄越之内心的审美要求，他的写作正朝着第三种文章的方向走去。

我曾经给庄越之这批2011届的学子上过一学期课，以我的诗歌趣味，似乎应该跟“后阳台诗社”的一帮小子更情投意合。他们有点嬉皮士的做派，在台上朗诵自己创作的诗歌时会嚎叫一声，然后把手中的吉他当场砸碎。庄越之则反其道而行之，有点古代书生谦谦君子的模样。他的文字颇有古意，似乎人生浸没在中国古典文学的染缸中，额头冒出几丝“青出于蓝”的紫气来。其实我骨子里是喜欢这类学人的，对传统学养深厚的人士，我向来会高看一眼。要是可以选择，我会犹豫到底该穿越到希腊，还是穿越到宋代。维纳斯那种生命力洋溢的美让人激动，可寺庙里青灯伴读遇到妖媚的狐仙，这般情景也是挺魅惑的。然而，当年庄越之发给我看的第一篇文章却是批驳国学热的，颇有一些青年人的意气。如今，这本《半近古村半近城》中的文字，却承继了晚明性灵小品、民国京派以至当代汪曾祺、阿城一脉散文的遗风，舒缓、恬淡而又克制，体现的是一种古典审美取向。他写沙岗墟的那篇文章，引用了《青箱杂记》，写了榕树，引用了《广东新语》，其他文章也多处引用中山本地方志的内容，可以看出，这几年他是读了一些古书的。类似的转变也发生在许多当代作家的身上，这一方面可能出自于文化寻根的自觉，一方面也与个人年龄和际遇有关。他的文字飘逸、恬静，透露出来的是一种“适者自适”的情调，写身边的花木、街巷与掌故，不求宏大叙事，只是在世事、人情与物理之间寻觅一些有趣的细节。

新文学似乎向来主张“一时代有一时代的文学”。这本有关中山的书，在旧式情调的笼罩下讲述了当代的世相世貌。中山是典型的珠三角城市，外来人口不少，书中不少篇什写城中村，岭南民居俨然如旧时，却鸠占鹊巢，成了外来务工人员栖身之所，夹杂着不同方言的喧闹与物化的繁荣。越之写他站在闹市的街头，听摆地摊卖皮包的小贩用扩音机放广告，这样的市声，与知堂写北平街巷的叫卖声是如此的不同。在《岐头风物》与《张家边市声》二篇文章中，都提出一个“原住民都到哪去了”的时代命题，呈现出城与村、过去与现在的时空维度，丰富了文章的叙述层次。至于答案，那实在不是文学能够解答的了。

越之的语言明显得益于中国古典文学的阅读，好用短句与古文词汇。文章本没有一定写法，有人近欧化，有人似古文，均无不可。好文章的特征是在语言上呈现出强烈的个性化和辨识度，通篇用人用过的词汇，写人写过的句式，即便文从字顺，也算不得好文章。越之的文章体现出了他对语言个性化和陌生化的追求，是一个非常好的起点。

在作文的布局架构上，越之花了不少心思。如《岐头风物》和《门外旧墟名沙岗》二篇文字，通篇写实，在结尾处忽然笔锋一转，写一口遗失多年的古钟传来的钟声和处处透露怪异的菜市场，情景一下子空灵起来。散文并非一定要写实，同样可以具有现实的超越性，如苏轼的名篇《后赤壁赋》结尾写道士化鹤，亦真亦幻，一下子把文章的境界打开了。

越之还有另一副面孔。他在文中喜欢用“玩得很嗨”、“刷存在感”、“傲娇”一类的网络新奇词汇，让人想起他毕竟只是个85后，是一个“E世代”。然而，他在骨子里是以正统与保守自持的。

如《旧日学宫今何在》写了对儒家文化的追慕与向往；《从黄花岗来到翠亨村》的一段，写他凭吊黄花岗七十二烈士墓的心情，又可见传统士子的家国情怀。

人生有时候挺奇怪的，越之这一路人，我本以为他的最终道路是读研、做学问，可他却当了电视台的记者。当然，这并没有什么不好，生活是一种态度，也许后者生命更为精彩。可新闻工作的怪圈使得他的文章大多数篇幅短小，同样，这也并没有什么不好，但我总觉得一个人还是要有几篇厚重点的作品，搭配起来更相得益彰。

越之在其微信朋友圈中说过，他愿意做一位回望传统的现代人，新与旧的杂糅在他的读书生涯中尤为突出。回到这本书上来，昔日宁静的乡村成为今日繁华的城市，流年暗换，新旧交替，汇聚与冲突处自然萌生了许许多多值得记录的风景与人物。这样的写作，大概是他试图化杂糅为贯通的一次有益尝试吧。

杨　克

2016 年 6 月

（作者是著名诗人，现任广东省作家协会副主席，国家一级作家、编审。）

从黄花岗来到翠亨村

四年前，我还在广州。那时刚毕业不久，住在城中村的出租屋里头，月租两百五十元，房间呈三角形，晚上九点后楼下就会飘上来烧烤的孜然味和湖北话的骂街声。冬天的夜晚，没有热水洗澡，我蓄了一大桶冷水一头浇下来，再把身子擦得通红。神清气爽之后，再去啃康德和克罗齐的书——那段时间，我还有考研的梦想，这两位是学美学史绕不过的大人物，其理论体系的严整与宏伟如圣殿，让我感受到了人类精神的庄严和美好。

那时，我白天还要去天河的报社实习。念书的时候，广州对我而言，就像一张巨大的蛛网，网线由公车和地铁的线路组成，人们忙忙碌碌地在线上来往，网线之外的都是未知之地，许地山先生有一

黄花岗七十二烈士之墓

篇小说题目叫《缀网劳蛛》，可以之自况。实习的时候，我跑了不少老城区的大街小巷，这座城市一下子从蛛网上挣脱，鲜活明白起来：岭南的雨滴微涩而蕴含生机，在夏天竟是滚烫的；榕树气根和民国骑楼掩映下的街巷安宁而不萧条；满头白发的师奶一大早起床，去公园踢毽子、唱歌，去茶楼喝茶。有一个傍晚，下班后，累极了，我低着头走向岗顶的地铁站，突然听到身边有人惊呼，回头一看，一半浅紫一半明黄的天空下，挂着两道彩虹，弯出无可挑剔的弧线。昏黄的天幕下，人流汹涌而过，面目模糊，我一下子就被感动了。啊！活着真好。

2012年的清明，我特意背着包去黄花岗七十二烈士墓园。春雨初歇，满目苍翠，园中有散步打拳的老人和玩耍的小孩，但不喧哗。沿着长长的南墓道走入，右侧一列高高矮矮的石碑，犹如凝固的声声呐喊：碧血黄花，虽死犹生，自由不死，精神不死，此心此节，崇拜英雄，七十二烈士千古……其中，“自由之魂”石碑，上款：中华民国十一年春月，下款：潮州海员同人敬立。啊！这是我的乡人在整整九十年前立下的碑石，人寿无金石固，立碑的人不在人世了吧，而墓园的中间，埋藏着一群更年轻的生命。我走过墓碑前面的默池和默桥，心情一下子沉寂下来。1911年4月27日的傍晚，那是一场多么绝望的死战啊！战前局势的恶化注定了结局的失败，领袖黄兴决心以死相酬捐款的海外华侨：“我既入五羊城，不能再出去。”他手下的冲锋队多是远渡重洋而来，未曾接受过严格军事训练的华侨子弟，林时爽误认敌军为友军被打死，方声洞失手打死清军中的内应而又被误杀，医科学生喻培伦背着一筐炸弹冲杀在前，壮烈牺牲。他们是学生、教员、记者、工人、农民，他们为了尚未诞生的共和国而慷慨赴死了，这是古老中国的青春诗。一百年后，一位爱读几本近代史书的青年人，自以为有几分家国情怀，来到这个地方，除了沉默、哽咽和流泪之外，还能做些什么呢？

我对黄花岗的记忆，还伴随着以下这段话：

“是役也，碧血横飞，浩气四塞，草木为之含悲，风云因而变色，全国久蛰之人心，乃大兴奋。怨愤所积，如怒涛排壑，不可遏抑，不半载而武昌之大革命以成。则斯役之价值，直可惊天地、泣鬼神，与武昌革命之役并寿。”

这段话的作者是孙中山。此前，我从未想到毕业之后，会离开黄花岗，来到他的故乡工作。这座海滨小城安静、干净、人口稀疏，市场里有各种便宜的叫不上名的贝类和鱼虾，是我的家乡和广州的城中村所不能相比的。我还记得，初到中山的时候，站在路边等公车，公车站边上有个垃圾箱，有点污痕。突然，远处传来一曲悦耳的歌声，那是胡适作词的《兰花草》，发出这歌声的乃是一辆蓝白相间的小小的电动清洁车，慢悠悠地驶到垃圾箱跟前，跳下来两个中年女环卫工，接上了水管对着垃圾桶一阵猛喷，随即取出一把刷子使劲地刷那并不是很脏的垃圾桶，刷了一阵，满意地打量了下垃圾桶，跳上车走了，“我从山中来，带着兰花草”的歌声悠悠远去。我一下子对这个城市萌生了好感。

孙中山故居

来到这里之前，我感到亲近和崇敬的中山人是王云五和容闳。至于孙中山，他是一位政治家，难免有政治家的手段，对于刚刚从校园出来的我，难免觉得有些疏离吧。在这里生活的日子一长，每次来了客人，我都要带其去看看位于翠亨的孙中山故居，却并不厌倦。我时常踏着长长的林荫道，走到那座赭红色的小楼，在故居后头看着碧绿的稻田一直延伸到山脚下。在书房夜读的时候，我开始啃陈锡祺先生的《孙中山年谱长编》、桑兵先生的《孙中山的活动与思想》……开始接近和理解这位亚洲第一个民主共和国的缔造者，他为人所崇敬、疏远和排斥的政治理想主义，他在时代洪流中的拼搏、坚守精神，他在历史情境下的权宜与无奈，我都深深感受到。

我终于理解了，政治家毕竟不同于单纯热情的革命青年，他必须投身并周旋于各种政治势力之间，抗争、妥协、折中，日拱一卒，寻觅自己的革命理想。有朋友用威廉·斯泰克尔的名言“一个不成熟男子的标志是他愿意为某种事业英勇地死去，一个成熟男子的标志是他愿意为某种事业而卑微地活着”形容黄花岗的志士和孙中山先生。在古老中国的现代化转型中，这些成熟和不成熟的男子同样的可敬、可亲、可爱，他们的生命焕发出奇异的光彩，令我这样的后人思慕不已。

当发出以上喟叹的时候，当年初出校园的青涩毕业生，如今已经步入而立之年，这座小城见证了我生命阶段的递进，于是我很想写一些文字来纪念它。

目录

风雨流年孙文路 1
夙鸣路世相 10
西山无尽绿 16
濠头郑家有冠剑 23
旧日学宫今何在 30
库充访古墓 38
龙瑞村中遇故人 46
南下的树、庙和石 54
城静日长花气暖 60
从善坊十号 68
门外旧墟名沙岗 74
十里东风吹市声 81
中山书店风景 89
张家边市声 99

白水井中月 105
公车上书 113
岐头风物 121
且听一日海潮音 128
仁厚里中花木深 134
逸仙湖夕照 140

长洲不见烟雨 148
月满兴中道 154
柏山往事 160
村在江湖之间 167

风雨流年孙文路

百货大楼在孙文中路与孙文西路的交界处，很有气派。

旧称的孙文路，包括孙文西路和孙文中路，以前的孙文东路还叫岐濠路。从人民医院的喧嚣路口转入孙文路，好像毫无防备地进入另一个世界，两旁都是不怎么依靠人流的店铺，街巷透出一股子静气来。

孙文西路自南宋始已经有十八间店铺，至今仍保留“十八间”之名。大致上孙文西路近石岐海，古称“观澜街”，六百年来一点点地往铁城内凿入，有朝一日终于凿通了，一眼看到莲峰山，并在1925年得名孙文路。孙文路是不是我在中山最喜欢的一条路呢？想了想，如果连旁边街区的枝枝丫丫都算进去，应该是吧。

孙文中路两旁的行道树，枝叶繁茂，掩掩映映，能在明亮的春夏筛落一地细碎的阳光，又能在雨苦风凉的秋冬萌发辽远而轻柔

当年的思豪大酒店，是极具中西结合特色的建筑景观。

的雨声，无端增添行人的愁意。这一路颇有一些古迹，比如铁城城墙的遗址，今天唤作月山公园的所在；有中山市广播电视大学，却是昔日的丰山书院；又有民国侨办医院原址建起的中山市博物馆。这三个地方我去了一次就不想再去，没看头是一个原因，还因为它们众所周知，高冷如我要避一避从众之嫌。

像我这样在九十年代度过童年的人，对百货大楼还留有深刻的记忆。

去年的平安夜，整座旧城笼罩在斜飞的细雨中，雨声潺潺，时而清亮，时而隐约，大概雨还是那场雨，只是偶尔为车铃声与人声所掩。我没带雨具走完了孙文路，路旁的骑楼代受了九成的风雨。骑楼真是一种充满人情味的设计，店面退让几步，行人穿梭来往，再也不惧风雨与烈日。我在类似的雨夜逛过上海的外滩，结果被潇潇的黄梅雨沾染了一头雾水，令人懊恼。孙文路上还有一座小小的天主教堂，当时正在举办平安夜的庆典，明亮饱满的喜气随着灯光和乐声透窗而出，感染了路人。我虽不信教，但仍然感到安定与愉悦。

百货大楼（全称是中山市百货有限公司）是孙文中路和孙文西路的交界处，楼上有个大钟，好像走得不准。像我这样在九十年代度过童年的一代人，对百货大楼这种建筑还留有深刻的记忆——那是高尚堂皇的购物场所，琳琅满目，都是好看而爸妈很少买的东西，楼中往往有一个“友谊商店”，衣服、鞋帽、被褥的价格都不菲。此处的百货大楼周边，还保留着几间带有九十年代色彩的商店，如萎园街的“西城毛巾”，毛巾店就像个大货柜，恨不得把所有的毛巾都挂出来给你看，门面还挂个副牌“中山市第二商业总公司”以示“血统纯正”。从毛巾店走过一点是中山人都知道的老字号——“顺德记”，出品的白贝鸡粥极鲜甜，七蚊（元）一大碗，足以抵御异乡雨夜的寂寞和寒意。

接下来说到孙文西路，怎么说呢？中山竟然能保存这么一大片完整的民国商行和民居，终究是不容易的。只是这种欧化小洋楼看着好看，住起来总感觉有点逼仄，不如我老家那种三进的驷马拖车大宅院宽敞舒服。两旁的店铺也是一个槽点，建筑的外观和色彩雷同，辨识度不高，每走一小段路就能遇到一家“特步”或者“361°”，容易给人一种走入循环时空的错觉。有做城市研究的朋友说，孙文西路的思豪大酒店旁边斜阶上，偶尔能看见几名上了年纪的广西妇女站街，会有本地寡居的老人来约好价钱带其回家相陪，聊以慰藉独居的寂寞。我觉得这并不坏，可惜前去探访了几次都没有碰到。

我来中山比较迟，不知道孙文西路最初的模样，翻书的时候查到这么一段话：“修缮后的孙文西路文化旅游步行街，再现迷人

夜晚的孙文西路步行街，在柔和的月光下，充满人情味。

的风韵和焕发着蓬勃生机。街道上花团锦簇，昔日灰色的建筑物披上了粉红色、米黄色……的盛装。”修缮的主持者，大概不知道什么叫“废墟美学”，什么叫“历史建筑的层累性”，对旧房子乃至残垣断壁抱有成见，同时还拥有一颗少女心，觉得粉红色和米黄色比灰色好看……

诗人杨克来过这儿，写了一首《孙文西路》：

衣着光鲜的孙科，搀扶着身穿香云纱的卢太夫人

上了 1925 年的黄包车

硬橡胶车轮，从泰东戏院门口

踩着粤曲轻快滚动

人力车夫一路小跑，他的光头大汗淋漓

撞进街旁叫卖的吆喝声里

人流熙攘，踢里踏拉的木板鞋

敲出一地细碎的粤语

许是国是路非，忘了回家的地址

这一拉 竟走了 85 年

乘客早已不知去向

水磨青砖的南洋骑楼下

车夫戳在街头，沐着民国那年的风雨

踩、撞、敲、戳这几个动词用得鲜灵又熨帖。遗失了乘客的车夫直愣愣地呆站在万人如海的街头，这意象多么令人悲恸。丢失亦是人生的主题，终究有一碗白贝鸡粥无法消解的遗憾。可惜流年，忧愁风雨，失恋、失意与失忆的人们，都可以来这里寻觅一点共鸣和自况。

凤鸣路世相

凤鸣路边上的岐江桥，
旧时的模样依旧叫人怀念。

凤鸣路在改造之前是什么模样，大概很多中山人都记不清了，新鲜而强烈的印象总能轻易打败旧记忆。在我来到中山的时候，路的一边已经开始围蔽建设。听说在建的叫兴中广场，还要建起一个摩天轮。

旧路在我记忆中的形象闪现为：盛夏的雨前，或许是初冬的傍晚，天色晦暗，一条路面不宽的岭南滨江老街，车马繁忙。当时凤鸣路两旁的店铺密集，分工明确，贩卖毛巾、毛线、服装、文具、副食、厨具、电器之类，花样少而货量大，犹然可见九十年代初超市兴起之前的商业风貌。我想，天字码头就在附近，当年岐江河舟楫穿梭，客如云来，这里想必是四野乡民的购物中心。

随着岐江桥和光明桥的封闭，凤鸣路烟尘滚滚，商户生意凋敝，叫苦不迭。当时媒体开出的药方是“转型”，只是谈何容易。记得有一家红峰商行，老板十六岁从国营公司跑出来转入商行，如今已经五十多岁了，三十多年过去了，敢拼敢闯的少年白头矣，昔日的壮志还剩几分？如今，慢慢走到中垦百货一带的骑楼下，还能依稀见到旧日街貌：骑楼下是糖水老店凤城双皮奶和民信老铺，

沐浴着夕照，兴中广场和摩天轮安静地诉说着中山的故事。

而它们对面多年的邻居已经换成了洋气的ZARA。

凤鸣路以前叫上峯，在1926年的一次大修后，得了这个好听的名字。后来因为沿路多果栏，改名果栏路，1967年曾名反帝路，1981年复称今名。最初的主政者肚里有些墨水，看到路在石岐山（烟墩山）下，于是取

了“凤鸣于岐山”的典故来命名。大致地名附会典故的事并不罕见，但是发生在孙中山的故乡，就颇有些讲究。《国语·周语》记载：“周之兴也，鹫鹭鸣于岐山。”鹫鹭这两个让人看了头痛的字就是凤凰的别名。因为周文王的德政，神鸟凤凰不远万里来到岐山叫了几声，是为吉兆，其实就是要为讨伐商纣舆论造势。在儒家语境中，君主尊贵，是法的最高主持人，用自己主持的法来惩罚自己，事实上是办不到的，但君主犯法渐多，自有另一种合乎天道的惩罚，那就是汤武对于桀纣的革命，顺天应民，伐罪吊民。

清末，从南朗菜坑村（今翠亨村）中走出的少年孙中山，漂洋过海，坎坷中奋进，半生鏖战庞大而日渐朽败的老大帝国，初被人目为陈胜吴广之流的乱党，最终成为闻名世界的共和领袖。那年他从凤鸣路附近的天字码头乘船去广州，再也没回到过故乡。码头的牌坊有一副杨官汉先生撰的楹联：“少穆登临，丹心曾寄烟鳌月；逸仙揖别，壮志长驱岭海风。”虽是作豪壮语，隔着历史的风云变幻去看，却别有一种苍凉的意味。

如今，兴中广场和摩天轮都建好了，我

喜欢在人流不多的上午去遛遛。这些秋冬的晴天，天色明朗却不见阳光，吹来的风温和干燥，如同往事。此时店面未开，行人稀疏，灯杆的小音箱有轻轻浅浅的英文歌流出，不远处苍绿色的江水流过，波浪细细，无声无息，看得人心头柔软。我想每个人都背负双重维度的记忆：发生在我出生之前的，我和整个民族共享的集体记忆，以及过去的二十多年间，我亲身经历的点点滴滴。正如这凤鸣路的百年变迁，我不断地重温和书写它们，不过是不想让它们褪色得太快而已。

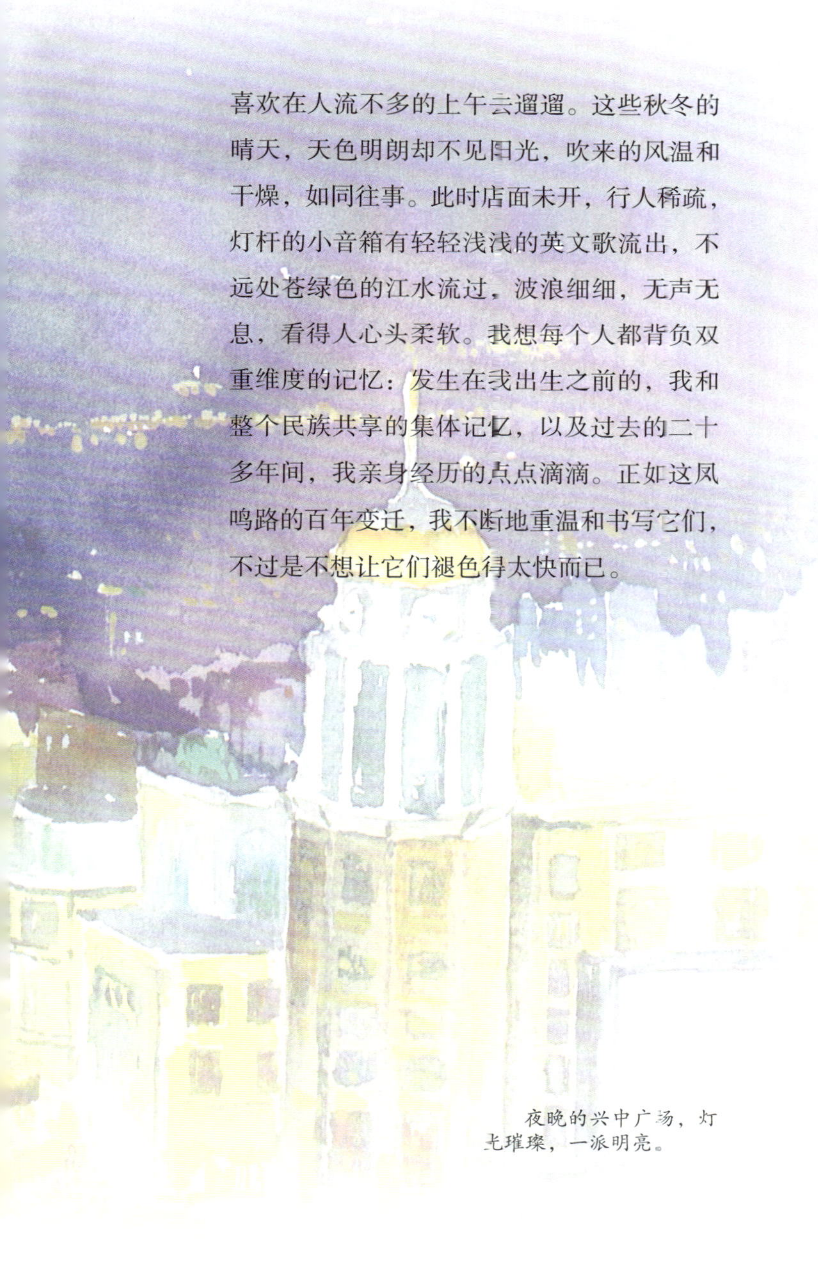

夜晚的兴中广场，灯光璀璨，一派明亮。

西山无尽绿

西山寺在绿荫的衬托下老而温润。

石岐老城区有过一些寺庙，如莲峰山下的留霞精舍和香莲庵，但都渐渐被湮没了，幸运的是还能在方志中留下名字。如今确认有僧人驻锡的寺庙，大抵只剩下正在重修的天门白衣古寺，还有西山寺。西山脚下的“中山纪念图书馆”的牌坊前，常有长卧的、声音洪亮的乞者，与过于热情的卖香烛的中年妇人，每次碰到了，我都低着头闷声走过。闷声虽然发不了大财，但总可减少一些无谓的骚扰。

西山旧名武山，明代有位孝廉毛可珍在这里读过书，后来请了僧人驻锡，遂成寺庙，寺里每年三十石的香火由毛氏所捐。清顺治、康熙时都重修过，道光六年，香山名宦曾望颜和毛氏又捐资重修。这位毛氏还是毛可珍的后裔吗？跨朝代绵延了三四百年的富裕大族，在岭南地区并不常见。踏上小小的山径，且未入庙，就可以看见西山有名的古木棉了。方志有载：山上有木棉六株，传是宋代物。岁久树枯，为寺僧心恒所伐，邑人别植新树于山上。

木棉中混进了一棵大樟树，树干可三四人合抱，树皮斑驳如老龙，拔地而起二十余米。高处的枝干缠满了苍翠的贴生石韦，枝干挥舞如同毛茸茸的巨臂，气势恢宏，而又没有丝毫慑人的压迫感，仿佛是欧陆传说中精灵部族的树状远古守护者，神秘又亲近，安忍不动，镇守一方。过于庞大的事物都会给人一种不安感，除了大树。人对大树有一种莫名的依赖，仿佛它们是世上唯一不会伤害人类的巨大生物，这可能源自远古的群体记忆。庄子说：“古者禽兽多而人少，于是民皆巢居以避之。昼拾橡栗，暮栖木上，故命之曰有巢氏之民。”古人就像石韦一样，和大树是一种附生的关系。爱树的人，都有巢氏的后裔吗？

除非重阳节或者有佛事，西山长年幽静，适合发呆。在这初春的时节，站在树下抬头看天，可见云空湛湛，枝叶青碧，明柔春光

大樟树的高处枝干缠满了苍翠的贴生石韦。

自天外来，纷扬而下，绿得毫无道理。呼吸一口绿色的湿润的空气，脑子瞬间空白，好像世事无所畏惧，又一切尽可原谅（木心语）。到了黄昏，昏黄的暮色透过枝叶，在石板地上映出奇丽的色斑，这树下的世界好像浸入一杯清茶之中，弥漫一种微甘的令人心安的涩味，枝叶就在茶水一般清澈的光芒中舒展开来，归巢之鸟叽叽喳喳，吵闹而悦耳。明末清初有位文人何准道在西山毛家的别墅借宿过，写了两首五言，诗并不高明，却有“浮光作浅碧，顿使尘虑捐”，“当轩绿万重，入户云气迸”的句子，可见这西山绿也给他留下了极深的印象。何准道，字旦兼，小榄人，崇祯十五年壬午科八十六名。诗前有段小序，写得倒比诗更好些：“余十年仅一过邑城，兹来止宿毛氏武山别业，倚县西堞最高处，菁葱峭茜，竹柏交响，早夕登眺，娱极视听，感使君之风义，喜故人之交亲，意之所之，辄复染翰。”

西山寺正在浓浓的绿荫下。穿过烧香的前堂，庙门有石刻金字的楹联——“红棉旧荫，福地重光”，横额是“仁寿禅林”。庙实在不大，过了前弥勒后韦陀的前厅，就看

到大雄宝殿了。前厅两壁的四大金刚边上挂有八幅佛像，抬头看去，光线昏暗，不辨形象，只见人物脚下云气缭绕。大雄宝殿的左边，照例是地藏殿和往生堂。我好几次在往生堂的绣墩上看到两只窝着的小猫，惊慌而警觉地看着闯入的我，而又不舍绣墩的温暖。啊，我一下子就被打动了——两猫孱弱，不会卖

没有佛事的日子里，庙堂前香火稀少。

萌，长得歪眼斜嘴，一副爹不疼娘不爱的模样，这方寸的佛门容得下它们安卧绣墩不去驱赶，或许还有喂食，实在是度一切有情众生的大气象。往生堂是供奉往生信众之地，先祖父绍忠公的牌位也是寄在类似的地方，他身后有了个法号叫道烈。

有一次，我在寺里呆到黄昏刚要离开，适逢大雄宝殿晚课，一个浑厚的男中音起手，木鱼声声，钟磬齐鸣，禅唱如海潮音，自彼岸浩浩而来，荡涤红尘。我站在檐下，呆立着听了好久，天上流云变幻，庭中有百合花香袭人，心头有无数记忆苏醒：六七岁的时候，父亲常常带着我和姐姐，在傍晚时分去家附近的西湖山南岩寺，听年迈的方丈敲木鱼。老和尚想必不在人世，父亲也老了，月白风清，忧患凋零，俯仰流年二十春矣。

濠头郑家有冠剑

现在的濠头村，夹在东区与火炬开发区之间，是一个典型的城中村，整体调子灰扑扑的，似乎没什么看头。

从濠头牌坊走进村子里，即分成三条岔路，中间是濠头正街，走到中段有一家食店，那里的烧排骨和蒸罗非鱼特别好吃。濠头正街的两旁，多有清末民初的骑楼以及西洋风格的民居。乡中老人说，在这条几百米长的正街上，曾有三家药材铺、两间茶楼，长生铺、布店、缸瓦店不计其数——旧日濠头，乡民川流不息，一度是东乡最为繁华的地方。日军侵华时期，石岐商户纷纷转到濠头进货，这里有专门为进货商户提供住宿的旅店，因此濠头一度享有“小石岐”之称。

村东有一处古迹叫青云桥，桥有三孔，以麻石铺路，青砖砌墩。桥边石刻楷书“青

云桥”，下款“宣统元年建”。清光绪二十年（1894年），乡人惑于风水先生的话，将桥拆毁，往来殊为不便。1909年，乡绅郑腾驹等复建，筑费九千余金。大概这个时期，村中的泥路全部换成了石板路，在当时的中山是很“架势”（厉害）的。主持修路的是郑家人——濠头归侨郑四全和郑灵先等人不忍见故土凋敝，建立致力于乡村建设和公益慈善的“振兴社”，修路搭桥，泽被桑梓。

村东有一处古迹叫青云桥，以麻石铺路，青砖砌墩。

濠头自建村之际，就与郑家密切相关。濠头郑家所藏初修于明崇祯八年（1635 年）的族谱记载："北宋天圣年间十六世由荥阳迁浙江金华府浦江，出仕广州府郡府，是为一世祖贤公。十世祖谷彝公，分支迁濠头。子孙分支庞头、鳌溪、沙溪。"

时至今日，濠头郑氏与沙溪刘氏、长洲黄氏合称石岐三大姓，村中九成村民都是郑姓。民国年间续修的《香山县志》记载了两位有趣的濠头郑家人，一位是能用二指从墙中取出砖头的郑妙允："郑妙允，濠头乡人，骁勇健饭，人呼为饭萝五。精拳术，善运腕力，能以两指插入坚壁，立取壁砖出；又叠砖高尺许，拳击砖皆碎。"

另一位是善使长矛的郑炳友："郑炳友，濠头乡人，精技击，与郑佐华、郑大经俱以技击名于时。道光二十四年，三合会匪蠢动……匪分三路来犯，时濠头乡勇亦分三路抵御，战于长山埔。炳友持长矛，挺身出斗，佐华、大经以藤牌护之，所向披靡。毙匪目三人，匪徒六人，伤者十数人，余匪慄而遁。"

我们大概可以看出濠头乡人武风之盛，竟不下于武馆遍布的小榄和沙溪。濠头地势

郑藻如一生功业辉煌，固邦交，尊国体，保侨民，感人至深。

的险要，堪为石岐县城东边的坚壁。清末会党起事，多企图从此处入寇石岐，为乡人所阻。近代史上鼎鼎有名的一位濠头郑家人郑藻如，正是以儒家士子的身份，招募乡勇，阻挡天地会侵入石岐，获奖内阁中书衔，为曾国藩、李鸿章所赏识，从此进入仕途。清光绪七年(1881年)加三品卿衔，派充出使美、日斯巴尼亚(后多指西班牙)、秘鲁三国大臣。郑藻如从政以来，督造吴淞炮台，筹巨款赈灾，完成了一位传统儒家士大夫的事功；而派充出使美国、日斯巴尼亚、秘鲁三国大臣，周旋捭阖，这是晚清“三千年未见之大变局”中，一位睁眼看世界的旧时知识分子所能做到的最顶尖的事业。

郑藻如一生功业最辉煌处，在于对美、日斯巴尼亚、秘鲁三国的排华政策的抗争，并集款创办“中华通惠局”，广行善举，开办华人的信息通邮。1885 年，美国残害华工惨案发生后，郑藻如即与美国政府交涉，要求赔偿和保护华侨，结果美国政府不得不如数赔偿。郑藻如历任四年，在职期间重信义、固邦交、尊国体、保侨民，感人甚深。

1890 年，孙中山以郑藻如“一邑物望所归，闻于乡间，无善不举”，曾致书向其提出兴农桑、禁鸦片、办教育等三项建议。此建议后来以《致郑藻如书》为题收入《孙中山全集》，为第一篇。

宗族，是中国传统的社会性共同体。以谱牒、祠堂或礼仪作为存在的表象，以文化和观念维系成员的认同。濠头郑氏以一家一姓庇护一方水土的安宁，融汇武勇与文雅的宗族精神，历经岁月的洗礼，绵延至今，正是将宗族文化视为“腐朽”与“糟粕”的激进观念的一例反证。

从濠头牌坊进村，即可见林立的商铺。

旧日学宫今何在

旧时县城的灵魂，不在县衙，而在于学宫。

香山县（即现中山市）的学宫始建于南宋绍兴年间，历经风雨与兵燹，几度迁址。自明万历三十三年（1605年）之后，复迁莲峰旧址，即现在的中山市人民医院处，直至消亡。如今，这里是城区交通最繁忙的路段，每当暮色降临，华灯初上，归家的车辆在这里堵成长队，时有急促而刺耳的喇叭声响起，如暮鸦聒噪，候客的‘摩的”师傅，一见人经过就喊：“靓仔靓女，坐唔坐摩托车？”数百年的弦歌不辍，如今不复得闻矣！

我们只能借助方志记述和老人的回忆，在想象中重构当年庄严而典雅的学宫，回味几分“学宫柳摇昼日长，清风卷舒编简香”的古意。1949年，17岁的汕尾青年曾崇来到香山县人民医院工作，他见到了古老学宫的最后一面：学宫当时是两广纵队的驻军处，棂星门上挂上了“珠江专员公署”的牌匾。经过工作人员的一番修缮与清洁，洗去战火的尘埃，重现亭台楼阁、如茵花草，他的第一感觉就是“刘姥姥走进大观园”。老人家至今仍珍藏学宫大殿屋脊的半截青瓷龙，龙眼圆睁，意气飞扬。

今日的中山市人民医院即旧日的学宫所在。

由于民国时期儒学已废，曾崇所见的学宫大概是清光绪年间建筑的遗留。据方志所载，整座建筑坐北朝南，宏伟庄严，占地约二十亩。学宫内居中为七间大成殿，内深四丈六尺，广五丈五寸，外石栏周长五丈一尺，横七丈二尺，是学宫的中心建筑，也是祭祀孔子大成至圣先师的地方，设置圣先师正位，

并供奉曾子、孟子、朱熹、周敦颐、二程等儒学先贤。

值得注意的是，清光绪三十四年（1908年），礼部奏准从祀孔庙的先贤增加三位，正是明季三大宗师黄宗羲、顾炎武和王夫之。在学宫中，黄宗羲在东庑孙奇逢之次，顾炎武在西庑陆世仪之次，王夫之在东庑金履祥

学宫仅存的旧楼为新建设作出了让步，仅遗留寂静的泮水桥和泮池。

之次。三位先生以明遗民自居，终身不与清廷合作，终于在清朝覆亡的倒数第三年，得以从祀孔庙。其时革命风潮方炽，革命党人援三位先生反清复明之理念与精神为话语资源，登高一呼，全国风从，此是后话。

当时的学宫，为一城之文脉所在，灯影书声，隔楼相闻，是何等盛况呢？据《香山县山乡土志》记载：清末科举废除的前夕，“有司岁试，隶诸生籍者四百余人，童试二千余人”。清代的教学内容，按清顺治九年（1652年）规定：“礼部提准，嗣后直省学政将四子书、五经、性理大全、资治通鉴纲目、大学衍义、历代名臣奏议、文章正宗等书，责成提调教官课令生儒习讲解。”每年二月和八月的上丁日为祭孔的日期，古称“丁祭”。祭孔仪式由当时的军政要员担任主祭官，社会各界知名人士陪祭，整个祭孔仪式大致有上香、奏乐、行礼、献表、读祭、献舞、读经等仪式。《论语》里面，曾皙说出了一段令后世读书人追慕不已的话：“暮春者，春服既成，冠者五六人，童子六七人，浴乎沂，风乎舞雩，咏而归。”不知当时香山的学宫，是否曾出现过这样温润美好如熏风的礼乐风景。

学宫大门前旧设曝书台，即现在中山市人民医院前的大马路所在。旧时，从铁城至濠头的官道在此经过，曝书台两边竖有刻着“将军在此下马”的石碑，曝书台大门顶上刻有“文明”二字，以示儒学之尊荣。不过，20世纪30年代初石岐修建大马路时，曝书台便消失无踪了。

棂星门是座牌坊式的内院大门。数百年来，深衣高冠的儒生，手持书卷，从这里穿过，走入学术的圣堂；通过院试的生员，意气风发地从这里走出，十年寒窗苦读终于没有白费工夫；日本侵华时期，不可一世的日本侵略军，列队步出大成殿，穿过棂星门，走下石台阶，踏上泮水池。1980年，旅港乡亲杨志云家族捐资新建人民医院大楼，为腾出空地，学宫仅存的旧楼最后为新建设作出了让步。至此，大成殿、明伦堂、燕居亭、乡贤祠、尊经阁、棂星门、祭乐器库、东西两庑……全部湮没在历史的烟尘中，仅遗留泮水桥和泮池。

清同治版的《香山县志》记载了关于泮水桥的一则轶事：（明隆庆）四十七年春，熊罴雄一雌一至泮桥上，学役获之畜于学宫，后逸去。

四百年前某个花气袭人的春日，香山学宫有熊出没，被轻易抓获并畜养，这是一段温暖而萌的记忆。古学宫传承八百年的文采风流，终于像那两头悄悄逃逸的熊罴一样，在时代之轮滚滚前行的道路上不知所踪。

日本侵华时期，日本侵略军列队步出大成殿，穿过棂星门。

库充访古墓

库充碉楼散布，
颇具旧味。

我去库充的次数实在不多，十次倒有五六次是去吃夜宵的。唯一一次真正意义上的闲逛，是去寻访那里的一处墓地。安藤东野《游相纪事》中说：“盖生居有三癖，而古墓癖最入膏肓。路遇一刍荛一农圃，必问有古墓否，而后敢行。”我倒觉得描述有些刻意了，倘若是值得崇敬的人物的长眠之地，自然要特意去拜谒和发思古之幽情，哪有不管好歹，逢墓必去的道理。

库充是名副其实的城中村，周围是东区，各种 CBD 和高层住宅林立，地价一天比一天高，库充村的原住民却仍然过着依白石涌而居，在大榕树下闲聊的村居生活。那时，我从东苑南路一条长街拐入库充里头，周围一下子静了下来。刚刚下过雨，天空呈如洗的碧蓝色，街道干净清爽，十分符合这明朗的初夏物候。沿着长街走到库充的中心地带，可见大榕树掩映下的成彬亭和大王庙，石凳上有几个晒得黝黑的干瘦老头在惬意闲聊。

库充村原名“虎涌”。清乾隆年间，农业发展，村民富裕，村人集资建起了第一座闸门，在闸门写上“库充”两个大字，寓意“五谷丰登，国库充实”。从此，村名定为“库充”。升斗小民的质朴愿望，寄托在这样的名字中，只是近代以来，兵马纷乱，称心如意的能有几家？村中处处可见的碉楼就是明证。

清咸丰年间，天灾人祸，民不聊生，库充村的村民通过澳门经商的商船，开始了寻找新生活之旅。这些华侨冒险出洋另觅出路，历尽艰辛，克勤克俭，积聚了一点钱财。求生有门路之后，便回乡携亲带友出国，将历年积累的血汗钱拿回家乡，捐助家乡发展。当年的库充，兵灾匪祸，盗贼如毛，华侨回乡，胆战心惊，形容为“一步脚印一个贼”。1930 年，为防盗贼，村民集资在村内四周建起了五座坚固的大碉楼，包括镇东楼、镇南楼、镇北楼、镇西楼和太平楼。村民自己还兴建了 31 座大小碉楼。如今的碉楼已失去原有的功能，多废弃和闲置了。

碉楼上的窗户小小的，
有防止盗贼入侵的作用。

根据村民的指点，沿着库充天觉街尽头小路登上，到了开阔处，就可以见到陈天觉墓，其坐东朝西，环顾四周。古墓曾于清乾隆年间、民国 13 年（1924 年）、1990 年经过维修。村民说，在“破四旧”的年头，陈天觉墓的花岗岩石被养猪人掘去砌了猪舍，如今仅剩中间的一块墓碑为原件。墓碑两旁有一块石刻对联：“英魂留库岭，伟绩镇香城。”大概墓上的对联，即便不是谀辞，也多为过誉之言，但“陈天觉墓”这沉甸甸的四个字，都有出处与来由，经得住历史河流的冲刷。

陈天觉，名元英，字天觉，号香叟，祖籍南雄珠玑巷，迁居文顺乡仁山下（今石岐）。香山建县后迁居库充。陈天觉自幼好学，颇有文名。宋绍兴三年（1133 年）中举人，宋绍兴八年（1138 年）试博学宏词科，特赐进士，授朝议大夫。因议论切直，得罪朝中显贵而被贬黜，后愤然归里，不复出仕。宋绍兴二十二年（1152 年），陈天觉以香山交纳赋税、运粮到东莞县城时遭海盗抢劫为由，建议改香山为县，获诏准，并割南海、番禺、新会三县之濒海地，以扩大县境。陈天觉主持建县城，主张县城建于石岐山以东的仁山一带，而郑氏邑绅则议建于雍陌。众说纷争，陈天觉便心生一计，提议："建城必须贵地，地贵土必重，试请秤之。"得众意一致，陈便命人先以铁砂和于泥，经称后石岐泥土果然重于雍陌，遂定仁山为县城，故称"铁城"。陈天觉还捐粮数千斛以作建城之赏。

对香山县这样远在天涯的荒岛，诏准设县后，在长达十七年的时间里，根本没给新建的香山县选派县令，只是指定陈天觉暂以

库充的街道干净明亮，
天空呈现如洗的碧蓝色。

当年，为防盗贼，村民集资在村内建起牢固的大碉楼。

寨官身份“署理”。陈天觉前前后后一共在香山岛上当了二十七年行政首长，这也是香山有史以来行政首长连续任期最长的纪录。他不仅是这座城池的缔造者，还是经营者。

清嘉靖版的《香山县志》中，有一段称赞县城四周独特形势的描述：“龙脉拥入县治，隐而不露。登高而视，襟带山海，真岭表之奇境也。西有象角海口，北有县港海口，潮则弥漫巨浸，汐则浅险难渡，虽近外海而无番舶之患，此实滨海咽喉，自然天险，广郡之要津也。”那位从岭海僻乡走出的少年，博学宏词的青年士子，刚直不阿的朝议大夫，心怀家国的还乡老人，就在此处看着他的家园一点点地成长，人流聚了又散，灯火熄了又燃，这本来是令人壮思逸飞的宏大事业。我在他的墓前，却时时感到一种丰盈的宁静，这大概就是“库充”的真意吧。

龙瑞村中遇故人

一进村，即可
见探花及第牌坊。

沙溪龙瑞村是个热闹的地方。它靠着中山汽车总站，靠着服装批发市场，寻梦的外来工常在这里歇脚。这里人烟繁富，耳畔可听到多种带有不同口音的对话，有两湖、安徽、河南以及许许多多我分辨不出的口音。这里还有著名的粥城和夜宵档，每个夜晚都吸引无数食客来觅食，我只见过一次它安静的样子。

那是一个夏天的黄昏，迎着六七点的夕照，我来村里办事，从探花及第牌坊边上的小巷踏入了龙瑞村。当时，天色还没暗下去，橘红色的路灯已经亮起，村人出来乘凉，孩童嬉戏，笑语盈盈。我借着灯光、脚步和阅读方志的一点印象，从牌坊到文昌宫，再到刘氏宗祠，细细回溯一座岭南村庄的掌故与精神。

龙瑞于南宋末年建起，南雄刺史刘少雄次子刘汝贤由珠玑巷迁来香山东镇土瓜岭，至其第六传孙刘子忠，刘子平兄弟一齐分支于此，现已三十传。旧志所载，刘汝贤是个倜傥名士，潇洒恬淡，隐居不仕，周览名山大川。每次游览蟾蜍岭，都说："是吾身葬地也。"忽然有一日，他来到这儿，悄悄地坐下，闭目而逝，人遂名曰天葬坟。五桂山麓的长江水库旁有个天葬坟，应该就是这个坟。这个故事，颇有些道家仙话的从容与洒脱。

龙瑞建村之初，因村内边海角有一礁石，上部雕似公鸡，故最初村名生鸡角，后以近音字改名为山磎角。1952 年，将原磎角乡三堡分成两村，原起隆堡和芳瑞堡合组一村，各保留一字，析出时称隆瑞乡，因龙为至尊吉祥之物，以同音字改隆为龙，名龙瑞，沿用至今。

探花及第牌坊是村中的古迹，算不上宏伟，但檐牙高啄，石雕嶙嶙，自有一股古旧典雅的气息。牌坊建于清同治元年（1862 年），为四柱三间三楼牌坊，用花岗石雕凿构筑。楼为歇山顶，各层均用石雕斗拱承托。牌坊正面、背面均于坊额竖刻"钦点"二字。横向联合匾上还刻了“探花及第”四字，上款为“同治元年壬戌科一甲三名进士”，下款为“臣刘其昌立”。

沿着探花及第牌坊穿过一条长长的小巷，就可以看到文昌宫和观音庙。龙瑞的文昌宫始建于清代，如今的庙是经过重修的。观音庙的历史较为久远，其始建于明崇祯年间，清乾隆年间经过重修，其右边庙堂供奉送子女神金花夫人，主庙堂供奉观音菩萨。

探花及第牌坊是村中的古迹，算不上宏伟，但自有一股古旧典雅的气息。

文昌阁可祈求文化的昌盛、科举的顺利，供奉观音和金花夫人可以祈求得子。村人说，观音庙的香火总是比文昌宫的鼎盛，可见，村居生活的主题还是血脉的繁衍啊。

沿着文昌宫和观音庙前面的小路往前走几步至开阔处，就到了著名的刘氏宗祠群落，这是那位倜傥的刘汝贤先生的遗泽。刘氏宗祠始建于清初，由秉繁刘公祠、刘氏宗祠、潜庵刘公祠和武帝庙四座建筑组成，一字排开，齐整而肃穆。这里在二十世纪八十年代曾作为中山市看守所，直至 2001 年才归还刘氏的后裔。

最大的刘氏宗祠为一间三进三座的规模宏大的祠堂，外墙均为蚝壳墙。门楣高挂“刘氏宗祠”金漆大字，两边对联为“彭城世胄，禄阁家声”。村中的熟人引了我进去，就着并不明亮的灯光，细细看祠堂壁上石刻的刘氏世系姓名。刻石的黑色花岗岩光滑冰凉，字迹娟秀。忽然在世系的末尾看到了一个熟悉的名字，无数的记忆纷纷涌来——原来这儿就是刘逸生先生的故里。

小时候，父亲曾带给我一套书——《刘逸生小札》，于二十世纪九十年代初由广州出版社出版。小札共有六册，《唐诗小札》《宋词小札》《三国小札》《艺林小札》《史林小札》《事林小札》。《唐诗小札》《宋词小札》两小札，是对于我日后创作诗词的启蒙。白云悠悠，莺飞草长，我第一次领略到了纯正的古汉语之美，感受到旧时士人的生活状态。《史林小札》《事林小札》的文字通畅明白，逸闻掌故娓娓道来，让年幼的我知晓了我生活的潮汕平原之外，我成长的

阅读刘逸生先生的文字，我第一次领略到了纯正的古汉语之美。

九十年代之外，存在着这般奇异的风土人情，发生过如许壮阔与哀柔的往事。

我印象最深刻的是逸生先生一篇讲旧时虾酱制作的小文章：取小鱼虾置于木桶中，唤一个壮汉在木桶中光脚踩踩踩，再覆盖发酵。从此，我对虾酱这种食物产生了深深的恐惧。中山的粥粉面店多有虾酱炒肠粉，我自己是不会吃的，但喜欢帮别人点一份，再把这个典故讲给他听。其实想想，如今的虾酱制作早已脱离那种作坊式生产了吧。

如今，我随身带着一卷《龚自珍己亥杂诗注》（逸生先生的注本）。龚自珍出自经学世家，兼通佛典，其诗剑气箫声，光怪陆离，好用冷僻典故。逸生先生为之作注，学养功力的深厚可想而知。我对逸生先生的崇敬和亲近，还有一层意思：逸生先生是正儿八经的媒体人，是我的前辈兼同行，而尤有余力游走文史，博览故典，这正是我所心仪的典范，虽不能至，心向往之。

刘氏宗祠是一间三进三座的规模宏大的祠堂，庄严肃穆，古味犹浓。

南下的树、庙和石

今日的南下新码头，已是光鲜时尚的商业中心。

南下是一个典型的城中村。我一路走过麻洲街，各种水果摊、音像室、裁缝店、补鞋档、手机店、凉茶店、快餐店……市声喧闹而悦耳。麻洲街多庙，多榕树，这里许多的庙和榕树，在无数岁月的喧闹市声中立起或生长，或苍老。

屈大均在《广东新语》中提到："榕易高大，广人多植作风水，墟落间榕树多者，地必兴。"麻洲街的三山古庙边上，有一棵大榕树，粗略估计应有三百个春秋的历史。只要土壤和气候适合，榕树就能一个劲地疯长，气生根能攀爬上墙，底部的根系逐渐变大，把青石板地面拱裂。中山旧俗中，为给小病不断、经常啼哭的小孩挑选一棵大榕树"上契"，认树作长辈，沾染一点大榕树强盛的生命力。当初跟大榕树认过亲的小娃娃，多少人都已经从垂髫到白发，化作了黄土一抔了吧，树犹如此，人何以堪，这感慨不够新奇，却从不过时。

麻洲街除了大榕树下的三山古庙，还有武侯庙、金花夫人庙、白石庙、康公庙，香火颇盛，其中顶有名的要算街尾的华光庙。方寸的小庙，被香火熏得黑旧而温润，门口挂着楹联“华星千古，光彻麻洲”，取了藏头的“华光”，感觉对不上。华光大帝像的前头立着一尊小小的二郎神像，左边是二郎神的哮天犬“天狗神君”，右边是劝善大师，不知何许神也。道藏记载，华光大帝曾降

麻洲街上的三山古庙，古朴肃穆，古韵犹浓。

方寸大的华光庙内，被香火熏得黑旧而温润。

五百火鸦，杀东海龙王，为救母亲大闹地狱，后来玉皇大帝看他是位将才，封他为真武大帝部将，护法天界，看来是个有本事又不安分的主儿，也跟他火神的身份相吻合。

明朝以前，迎阳山周边有一片大海，东部海面为狮子洋，水域暗礁累累，潮水汹涌。过去，来往浦鱼洋和狮子洋的船只，经常因风浪或触礁沉没，有人说华光庙因此而设，来保佑来往船只。我的猜测是，南下码头货船来往，当设有货仓存放货物，货仓当然忌火，因而要拜火神。

同样忌火的粤剧伶人奉华光大帝为祖师爷，凡新戏台落成、开新戏或戏班出外演出必祭拜华光大帝。每年农历九月二十八是华光大帝的诞辰，粤剧戏班会举行隆重的祭祖师活动。时至今日，许多粤剧艺人仍保留着过“华光诞”的习俗。这让我想起，许多年看过的一部林正英饰演的香港鬼片《人吓鬼》，里面有猛鬼闹戏台，最后正是华光大帝显灵将其诛灭。

中山没有开辟公路时，麻洲街是石岐往返沙恒竹、板芙、三乡以至拱北、澳门的必经之路。来往行人，路经麻洲街时，多会在迎阳山华光庙歇息。由于华光被称为粤剧始祖，故常有粤剧团、木偶剧团在庙前上演，尤其是名演员邓碧云、罗艳兴演出时，看戏者更是人山人海，华光庙前被挤得水泄不通。

我时常从南冲的老饼屋拎几个烧饼，转入麻洲街，走到街尾的迎阳石，顿时是另一番景象。清同治版的《香山县志》记载：“成化间，巡海都督张通题按题名，已埋土中不可见。字画盈尺，遒劲古媚，林木阴森，佳境也。”

旧档有载，远在元明，石岐南门三级石一带还是浩瀚的海洋。时有海寇出没，侵略如火，官兵不能及。明成化年间，宪宗皇帝朱见深授命张通为巡海都督。于是，张通带领官兵人马，巡海至香山之滨石岐三级石附近，见有小山岗，东西南三面临海，东望狮子洋，地势险要，进可攻，退可守，就此安营。天拂晓，张通于山下大石盥洗、静坐，曙光从狮子洋水平线上冉冉初升，照临此石，精神为之大振，即手执战戟，在大礁石上奋力划写“迎阳”二字，字体有丈余，气宇豪迈。后人将字凿深，称之为“迎阳石”。石背之山岗，称为迎阳山。

今日的南下新码头已经是光鲜时尚的商业中心。我时常坐在麦当劳吃早餐，看着玻璃窗外的迎阳石发呆。当年的麻洲街毛是一片乱石，迎阳石特立而出，上可平坐十余人，不是今日的象征性的刻石模样。人世固然短促而无金石固，而金石如迎阳石又岂能不朽，反不如人造的传说来得久远不灭，这也是文明与精神的价值所在吧。

城静日长花气暖

对于花草，我是一个脸盲，经常混淆蔷薇、玫瑰和海棠，对于不常见的小花，更别指望我能说出它们的名字。我曾翻过《诗经》和《尔雅》，但并没有遍识草木鸟兽之名，因而我对爱花懂花的人有着由衷的敬佩。

有一次，我认识了一位从中山园林处退休的老先生。他身材高大，面容庄严，穿着宽宽大大、红红绿绿的大衬衫，头发抹得光光亮亮的。他告诉我，他有自己的工作室，说我有花草上的问题尽可以去问他，“会友交流，不计报酬”，这是他印在名片上的话。但我终于没有去过他的工作室，到底还是因为懒惰。

所以，这满城的花木，有一大半是我叫不出名字的，叫得出名字的一小部分，也可能是错的。但是它们各自在绚烂的花期绽放

凤凰花，常绽放在六月的毕业季，被无数人缅怀。

着，丰腴而妙曼的颜色和芬芳带给我的快乐，确实无误。

市人大大楼后方的三角路口，有一颗高高的异木棉，孤零零地矗立着，从三个方向驶来的车辆和行人都能看到。异木棉的全称是美丽异木棉，我觉得这个名字挺搞笑的，带着一种傲娇的意味，就像男的叫郝帅、女的叫甄美一样。异木棉的树形似乎是阳刚遒劲的木棉树的萌版，矮一些，圆一些，树干中间微微鼓起，像个可乐瓶。初冬到了，异木棉的花期也到了，缤纷的、纤弱的粉色花朵，把树干攒成塔形，在萧条的冬季尤为显眼。风一吹，纷纷扬扬，花落成雨，有一种日式的孤寂和哀伤。有一次，打的从异木棉旁经过，五大三粗、满脸横肉的司机猛地回过头来往窗外看，吓了我一跳。他憋出了一句："这花真好看！"懂花和不懂花的人都爱花。

凤凰木，我也是认得的。树能长到四五层楼高，不开花的时候叶子很好看。张爱玲在《倾城之恋》里面描述过它：叶子像凤尾草，一阵风过，那轻纤的黑色剪影零零落落地颤动着，耳边恍惚听见一串小小的音符，不成腔，像檐前铁马的叮当。

我印象中的凤凰木是在六月份的毕业季开花，在一个人最美好的年华中盛开，被无数人珍藏和缅怀，它真会挑时候，是一种“心机花”。今年中山的初夏，多雨、明亮、丰满而令人动情，草木都显示出过于夸张的旺盛。凤凰花被这温暖湿润的夏风催开了。凤凰花，在党校、烟墩山、市实验中学和文化

中山的初夏多雨、明亮，凤凰花被温暖湿润的夏风催开了。

美丽异木棉的花纤弱的、粉粉的，十分好看。

艺术中心都有，远远望去，一片红云摇摇，动人心魄。其中以党校的凤凰花开得最好，白石涌两边的红云压得很低，触手可及，让人担心伸手去碰一碰就会被染红了手。关于凤凰花的红，有前人写过绝妙的文字，使得后来者的描述都成了徒劳。

张爱玲曾写道，'到了浅水湾，他搀着她下车，指着汽车道旁郁郁的丛林道：'你看那种树，是南边的特产。英国人叫它"野火花"。'流苏道：'是红的么？'柳原道：'红！'黑夜里，她看不出那红色，然而她直觉地知道它是红得不能再红了，红得不可收拾，一蓬蓬一蓬蓬的小花，窝在参天大树上，燃烧着，一路烧过去，把那紫蓝的天也薰红了。”

听说得能湖公园有荷花池，但我没有去看过。古人写荷叶有一个专门的词叫“清圆”，特别的温润，像周邦彦曾写的：“叶上初阳干宿雨、水面清圆，一一风荷举。”在我的老家，中堂天井的正中，常会摆一个大大的乌金瓦缸，堆上肥厚的塘泥，种上荷花，缸中还要养小鱼来吃掉孑孓，很是清雅。

这里还要提提芒果花。芒果花呈淡黄色，小小的，一点点附在枝头。在二三月份，即初春的时候，满城会弥漫一种淡淡的奇异的甜香，闻起来很舒服。然后，花越开越密，气味越来越浓，最终却酝酿成一种刺鼻的令人作呕的怪味。芒果熟了，噼里啪啦地掉到街上，砸个稀烂，弄得满街脏兮兮的。每到这个时候，我就会想起纳兰那句被泛滥引用的句子：“人生若只如初见。”

我在自家的小阳台上种了许多花草，大多一月而凋，只有不开花的爬山虎和芦荟长得特别蓬勃茂盛，仿佛在嘲笑我的不善经营。

一条草绿色的夹竹
桃天蛾幼虫，样子很萌。

我认识一位爱花的姐姐，她把自己的阳台装扮成花园，还布置有书架和舒服的躺椅可以看书，让我羡慕极了。有一次去她家，我在其阳台发现了一条很萌的夹竹桃天蛾幼虫，草绿色的，软软的，张开两颗神似蜘蛛侠的大眼睛，所谓的眼睛其实只是花纹。我拍给爱花的姐姐看，她吓得跳开了。嗯，虫应该都是爱她的先生抓的，愿他们一直这样幸福下去。

从善坊十号

从善坊的历史并不久，《香山县志续编》（1923 年）成书前的几部县志里都查不到其相关记载，由此可推算，从善坊应该是二十世纪二三十年代才形成的。这个地名颇有古风，令人想起唐宋时期的坊市，好像有一部网络小说《花开从善坊》，写的就是北宋坊间传奇。1949 年之后，从善坊一度改名“解放中路十二巷”，这类地名有一种“一刀斩断过去”的霸道，我并不喜欢。

从善坊的巷道宽且笔直，多有大屋，应是民国时期的富人区。有一所由五个门牌号连在一起的三层高的小洋楼，不知道当年住的是何等奢侈的人物。这一代的民居建筑看着舒服，有挑檐、西式山墙、丝缝砖，有简化西式柱头作装饰，带着清朗简洁的欧式风格。如今的建筑装潢，一提到欧式风格就是金碧辉煌的浮夸，花纹密集到令人厌恶的程度，这种恶劣审美不知道是何时兴起的。如今，从善坊里的大屋多空置，每为藤蔓与杂草所侵，倒增添了许多凄清的意味，让人想起“寂寞空庭春欲晚，梨花满地不闻莺”的意境。

说到底，这里不过是石岐的一条寻常老巷，却总是让我记挂。我的朋友小由，他的琴房就在从善坊十号。

小由和我差不多年纪，身材不高，好穿白衣，面容有一股子静气，为同龄人所罕见，说话温文而缓慢，谈吐间能把你带入一种空

琴房里有木桌、茶具、竹枝，野趣顿生。

灵而舒缓的状态。我和他是在一次诗词吟诵的活动上认识的，随后他就邀请我到他的琴房喝茶。那个夜晚，白水井和民生路的路口，车马喧嚣，我踏着一地昏黄的路灯光，第一次走进了从善坊。

巷道不长，静寂无人。有一户人家，门外吊着两盏竹枝与麻纸扎成的小灯笼，竹枝上还带有枯叶，野趣自然而生，这就是小由的琴房了。进门即看到三只猫，或坐或卧，

在寂静的琴房里，听小由温润舒心的琴声。

并不怕人，可以逗弄。琴房在最里面，有二进，第一进是待客喝茶所在，第二进是教琴授课的课室，以麻布帘隔开。有一次，我在麻布上看到他以淡墨画的几笔小鱼，顿时感觉这阴翳而安宁的氛围荡漾起来了，如俳人芭蕉写的青蛙跳入古潭之声。

古琴、插花、闻香一类，本是传统士大夫长年浸润典籍辞章之后，一种东方式的古

雅精神的外化。当今俗人既不读书，又好以这一类物事附庸风雅，云古人的精神远矣。小由好读儒家典籍与佛经，好吟诵辞章，得以上承旧日中国的风雅传统。他给我看过翻印的清版琴谱，如同天书；他好隶书，曾临摹《礼器碑》。有一次，他告诉我，暑假到了，他要去寺庙修行几个月。不久后，他给我发来其削短头发、抱着古琴，风尘仆仆而去的自拍照。

去年的一个冬夜，在中山大学念历史学博士的欧阳来到中山，我陪着他走访小由的琴房。冬天的夜晚，没有虫声扰攘，喝罢一轮大红袍，小由给我们弹了一首《长门怨》，之后欧阳向我和小由展示了书法运笔的种种奥妙。那个时候，我多么希望这个夜晚就这样无休止地延续下去，黎明再不要来。

元稹有一首七绝《送刘太白》：“洛阳大底居人少，从善坊西最寂寥。想得刘君独骑马，古堤愁树隔中桥。”我突然想起，刘太白的形象，也可以由小由代入，因为他的身上，洋溢着一种“挟剑赴长桥，浸发题春竹”的唐宋士子的风采，令人欣羡不已。

门外旧墟名沙岗

北宋吴处厚曾写一部《青箱杂记》，记录宋及五代的朝野杂事、诗话及掌故，里面有记录岭南墟市条：“岭南谓村市为墟。盖市之所在，有人则满，无人则虚，而岭南村市满时少，虚时多，谓之为虚，不亦宜乎？”

我总觉得这是胡扯，命名往往从其特征入手，墟市之为市，正在于人多，哪有以人少的时候来命名的。如《康熙字典》释墟字：“商贾货物辐辏处，古谓之务，今谓之集，又谓之墟。”指的是人多之处。吴处厚没有来过岭南做官，只是在担任大理丞的时候审断过几桩岭南的案件。他的解释想必是耳食之言。

以之来衡量沙岗墟，同样是不确切的。沙岗墟平时人多，墟日人从众，何时“虚”过？

有人这样写过："北京城有琉璃厂、潘家园，南京有夫子庙，上海有城隍庙，香港有摩罗街，而中山，也许就是沙岗墟。"

自明洪武年间，邑民在迎恩街设墟以来，沙岗墟换了六七个地方，因莲峰山附近有座小土堆叫沙岗而得名。太平路一带曾是它的旧址所在，至今保存的卖鸭街、猪仔街、猪糠厂、猫儿狗儿巷、蓑衣街、染布巷一类的地名，仍然提示着当时作为农副产品交流市场和家庭式手工作坊曾有过的繁荣景象。

自 1998 年沙岗墟迁至现址，墟日定为农历的初三、初六、初九，占地二百余亩，中间为墟场，西面为入口广场及综合市场，东面为海鲜鸡肉干货批发市场和食街，南面设花鸟虫鱼街，东西南北均设有停车场。如今，赶墟的人群主要有两种：外来务工的青年和本地的老人家。本地的年轻人已经不爱去赶墟了。兜兜转转的沙岗墟，见证了城区的变迁与居民生活方式的变化，随着超市与网购的普及，或许有一天，它会消失。

我家就在沙岗墟附近，消费最多的依次是花草、水果、家具。

沙岗墟的花草品种多且便宜，我买得最

临近春节，沙岗墟的花市热闹非凡。

多的是花草，并不是因为爱种花草，只是因为种的花死得快。印象中买过茉莉、爬山虎、绿萝、海棠、桂花、金银花、猪笼草、蔷薇、沙漠玫瑰、仙人掌及其他多肉植物。长得最好的是爬山虎，不过每年冬天会掉光叶子，枝干枯槁，作生无可恋之状。春天一到，全身关节处冒出嫩芽，长出红彤彤的叶子，娇嫩欲滴，藤蔓上像壁虎一样的脚一点点探出

来，吸附住墙壁，到了初夏，能长满小半个阳台。临近春节，沙岗墟的花市更是热闹非凡，桃花跟水仙像不用钱似的堆放着，来逛花市的中年男人，手持一枝粗大繁茂如小树的桃花，脸上顾盼自豪，如古时手持金瓜的羽林郎。花市中有一处卖花盆的店面，卖红陶兰花盆和青瓷、白瓷花瓶，格调不俗。有一次，我看中了一只暗绿色的长颈瓷瓶，店主索价 75 块，后来我还是没买，想不出来

沙岗墟市场里，买卖的品种多样，人声鼎沸。

能插什么花。

沙岗墟的水果摊档非常诱人，一走进水果市就能闻到清甜的香味，这味道丰盈醇厚，令人想起秋天的喜悦。这里的水果个头非常大，一尺长的象牙芒，小西瓜似的苹果，极为酸甜可口。

沙岗墟的家具则较为廉价和低档，刚来中山租房子住的时候买过几件，后来再也没买了。

萌萌的多肉植物

沙岗墟里是有菜市场的，我只在那儿买过一次菜。一个冬天的夜晚，我很晚下班，穿过长长的花鸟虫鱼街，走入人声稀落的菜市场，其时天色已经完全暗下来，市场灯光昏暗，恍如梦境。那段时间正流行禽流感，一踏入市场，就发现旁边笼子里有几只鸡，正目光炯炯地瞪着我，不由得心里有点惴惴。我在市场里买了半斤猪肉，剁肉的老板满脸横肉，似乎不怀好意。最后，我鼓起勇气买了两根黄瓜和一把青菜，匆匆离去。那个夜晚，沙岗墟的菜市场给我一种非常奇异的异世感，似乎是山野不知名的灵怪所幻化，但是猪肉、黄瓜和青菜却都是真的。反正，之后我再没去过那儿买菜了。

十里东风吹市声

知堂（周作人自号）曾经提及一本旧书《一岁货声》，记录一年中北京市面上叫卖的各种词句与声音，成书时间大概是清末，作者自署闲园鞠农，生平不可考究。《一岁货声》的小序中，将这些叫卖声推崇为天籁：“可以辨乡味，知勤苦，纪风土，存节令，自食乎其力，而益人于常行日用间者固非浅鲜也。”这里自有一种俗世的丰盈与回甘。

对包括叫卖声在内的市井喧闹之声的描述，在我的记忆中，唐诗中很少，到了北宋，突然地多起来。如杨万里的“水与天争一轮玉，市声人语两街灯”，这是爱听市声一类，起码是抱着审美的态度来欣赏的；如仇远的“瓦霜砖日合寒晴，最爱幽窗远市声”，这是喜欢安静而不爱喧闹的。不管如何，宋人比前人对市声的注意更多了，一方面是因

年老的大叔骑着三轮车，穿行在街头巷尾。

卖“草果”的阿姨推着三轮车，走在老巷里。

为城市经济的发达，市井比以前繁华；一方面可能是宋朝的诗人大多是纯正的儒家士大夫，比起唐人的高迈，他们对于纷扰的红尘、万家的哀乐更为注意。

我对于小时候的市声，印象最深刻的是收破烂的人，他们的呼声是“旧铜锡来收……”尾音拖得长长的，在老城区萧条的街巷中回旋，更添几分寂静。我记得，收旧铜锡的，收得最多的却是旧纸箱，收买价格非常低，但也可为居民免去丢弃的麻烦——那时候扔个垃圾，要走大半条巷子去扔。之后，还有卖“草果”的小贩路过，他们不叫喊，却用铜匙敲一个大碗，发出“当当当”的声音，传得很远。装“草果”的碗又扁又浅，近似于古代茶碗的形制。“草果”味道微苦，所以要加一勺白色的糖粉吃，可以消暑。很多年之后，我来到大城市念书和生活，到台式奶茶店喝饮料，那家店卖的烧仙草，就是我小时候的“草果”呀！

来到中山之后，这里的朋友们向我讲述，他们小时候听过的市声有“煤饼……有煤饼卖！”，“当当当当……盲公卖酱油！”，“哒哒……哒哒哒……哒哒，卖云吞！”，“烂铜烂铁，收买烂铜烂铁！”，“米仔头糕，祛湿解毒！”，“磨剪子嘞……锵菜刀！”，我想象不出，卖云吞时的这个“哒哒哒”是怎么来的，有隆都地区的朋友告诉我，卖云吞的人常用两根小竹板敲出“哒哒哒”的节奏，原来如此！

中山地区从二十世纪八十年代开始有一种别处所无的叫卖声：“玻璃厂雪砖！”孙幸先生在《香山有味》里写到，玻璃厂雪砖原来是石岐玻璃厂员工的内部福利，制作过程不计成本，在生产时加入花生、芝麻等果仁，用上真正的奶粉制作而成，吃起来香浓细滑，吃过的人都称赞。后来，厂家发现销路确实好，就扩大生产，走向市场。一时间，借助无数“雪糕佬”、“雪糕婆”的叫卖声，玻璃厂雪砖风靡中山的大街小巷。

我来到中山时，二十一世纪已经过去了12个年头，既听不到卖云吞的哒哒声，也没尝过玻璃厂雪砖的美味。本来，一个时代该有一个时代的市声。我最厌烦的市声就是临近春节的时候，中山的大小超市从开门到关门单曲循环的“好一朵迎春花啊……人人都爱它……”真是洗脑神曲，每到这个时候，我就眼观鼻，鼻观心，赶紧买了东西走人。

近年来，神州大地又兴起了一波“工厂倒闭，老板跑路”，被迫出来卖皮具的叫喊声，遍布各种城中村的大街小巷。科技时代的人们吝于扯起喉咙叫卖，都是录制后用扩音机播出。有一次，我站在火炬开发区人来人往的街头，静静地听完了整个故事，抄录出来，以飨同好，虽然估计不会有什么同好：

玻璃厂雪砖曾风靡中山的大街小巷。

“广州最大的皮具厂，老甘皮具厂倒闭啦！老甘吃喝嫖赌，欠下几千万，带着他的小老婆，跑啦！我们没有办法，帮他辛辛苦苦做了几个月，不发我们工资。你这个王八蛋，陪我们血汗钱！我们去找政府，政府不管；我们去找法院，法院说抓不到人。我们没有办法，只能和这些工友啊，撬开仓库，把里面的钱包，拿出来抵工资啊。这些钱包，都是以前出口美国，出口日本，出口加拿大的高档包包、真品包包，全部都是真皮做的。今天，这些包包，我们不为了赚钱，只为拿回我们的血汗钱，请大家放心地选，选好了，交钱就可以了……”

旧日的市声渐渐远去，今日的市声逐渐变成大街小巷的山寨歌曲、汽车发动机的轰鸣、街头小贩的扩音广告。这样的变化令人感伤，但其实想想，即便市声不变，感伤又何尝会稍减几分呢？逝者如斯，毕竟东流去，该变的其实已经变了。知堂毕竟是个豁达人，他说：“昔有今无，固可叹慨，若今昔同然，亦未尝无今昔之感，正不必待风景不殊举目有河山之异也。”

书店里，书香味十足。

中山书店风景

前段时间读完苏枕书的《京都旧书店风景》，于是生了效颦之心，也想写写身边的书店，却突然想起，我去书店买书，几乎是大半年前的事了。我现在买书，总是优先购买电子版，没有制作电子版而不得不买实体书时，也会优先在网上购买。文艺青年们所谓“实体书具有电子书无法比拟的感觉”，其实不过是一句车轱辘话，因为反过来说，电子书也有实体书所无法比拟的感觉。不过是一个阅读习惯罢了，而习惯是可以改变的。我读电子书，一方面是为了方便摘录，一方面是经济原因——不是因为书贵，是因为存放书本的房子贵。

刚来中山的一两年，我还是很喜欢去书店的，准确地说，我喜欢去万有引力书店。既然与书店有这段缘分在，就谈一谈中山的书店吧。

毕竟是得天下风气之先的商埠，中山私营书店的历史也算悠久。查旧档可知，1908年，郑伯联、黎君弼及沙溪某氏合伙，在孙文西路上开了香山第一家现代意义上的私营书店——云香书店。民国时期，该店改由郑伯联独资经营，改名为“先进书店”。之后黎君弼在孙文西路上开设了“昌明书局”。

二十世纪二三十年代，中山的书店迅速增多，“振兴书局”、“新学书局”、“大达书店”、“古今书局”、“绿天书屋”、“文锋书店”、“前锋书店”等都是当时有名的书店。这些书店名，传达了救亡、启蒙、拓荒、现代转型的时代命题，可见那个新旧交汇的年代里读书人的胸怀。

后来历经时代的高峰与低潮，在1956年的公私合营风潮中，在新华书店的建议下，“昌明书店”与“新生书店”联营组成“新明书店”。1956年，两店改为公私合营书店，后改为新华书店儿童门市部和综合门市部，就是现在孙文西路上的新华书店。我去看过一次，里面好像大部分是在卖文具、教辅和“哪里不会点哪里”的儿童学习机，离“昌明书店”那样朝气蓬勃的时代精神已很远了。

在孙文西路上，旧时书店的风采不再，易之以林林总总的服装店。我来到中山之后，最常去的是万有引力书店。我喜欢这个店名，没有故作风雅，而是淡淡地点出了读书人与书、读书人与读书人，甚至书与书之间那一丝微妙的、亲近的联系。万有引力书店在竹

苑菜市场上面，这个地点有点怪。

一个书店的格调，首先要看其进门处的精选书架，此处体现店主的品位和眼光；其次要看看其人文社科部。万有引力的精选书架是老板亲自挑选的，印象中，很多是新近出版的港台作家的随笔图书，还有新版的外国文学作品，装帧淡雅，非常养眼。万有引

现在的新华书店，离“昌明书店”那样朝气蓬勃的时代精神已经很远了。

力书店的人文社科类图书，虽然比不上“学而优”这种以社科为特色的小众书店，但也非常不错。古籍架的中华书局《中国古典文学基本丛书》的各家诗文集非常齐全，还有一大架子的商务印书馆汉译名著，橘色的哲学类图书、黄色的历史地理类图书、绿色的政治法律社会类图书、蓝色的经济类图书，排列尤为整齐，强迫症患者看着会觉得很舒服。

万有引力书店还设置了一个旧书部，叫“书之墟”，以三至五折的折扣价售卖旧书。其实，我觉得这个“之”字有点多余。有一次，这里进了一套讲述台湾水库的小开本文集，每本有一个巴掌大，是从台湾台北“市

《马商的女儿》

立万华国民中学”的图书室流出的台湾作家的译著或文集。我买了劳伦斯著的《马商的女儿》《圣马》，和一本古希腊名著《命运的悲剧》。该书的封底有一个小格，插着“万华国民中学”的借书卡，记载着借书人的姓名和借书日期。有一位郑贵珠同学，在 1974

年的6月借过《圣马》，如今她还健在的话，应该是个白发苍苍的老太太了吧。我很后悔当时没有买多几本台湾作家的文集，今天想买，恐怕很难买到了。我在万有引力书店买的书中，最便宜的是《何兆武文集》中的一本《书前与书后》，原价二十多元，打一折，即两元多。在发愤“啃”历史哲学著作的年纪，何先生的书给了我明晰的指引，我非常感激他。

万有引力书店还有一个讨喜的小细节：你买书的时候，店员会给你的书贴红色牛皮纸做的封条，上面印有雅致的诗词名句，表示已经买单（付过款）了。后来，因为房东要加店租，万有引力书店难以为继而无奈转让，转让后虽然还是原来的名字，但其实已是另一家书店，之后我很少去了。有一次，我想起印在封条上的一句诗“明月不知君已去，夜深还照读书窗”，突然有些难过。

位于假日广场的博雅书店，我去得不多，那里人文社科类的图书没有万有引力书店的多，分类上好像不是很明晰。不过，那里有两大好处：一个是不赶走读免费书的人，书店的木质地板上，经常可以看到坐着看书的人；另一个是店员的灰色毛衣马甲加白衬衫的制服好看，服务态度也很好。有一次，我在那里买了两本师长的著作，收银台的妹子怕我大意而买重复了，特地提醒了我两次。

过去，中山有一家翰林书店，在中恳百货后面。我去的时候，那里已经变成卖字画的店了。宏基路也有一家新华书店，我只去买过一瓶英雄墨水，五块钱。听朋友说，沙岗墟有卖旧书的书摊，论斤称，我去看过一次，实在没有购买的欲望。书是非常重的物体，论斤称并不划算，另外，我对旧书非常讨厌，除非是绝版的或者具有纪念意义的书。作为知识载体的旧书，阅读时散发的霉味令人难受，此外，书中缺乏新版增补和修改的内容，除却这两点而购买下来的一个可能就是能“装逼”。胡悦晗先生在《图书馆、书店与书摊：民国上海知识群体的精神生活建构》一文中，有过类似的观点，兹录如下：

当书店与书籍都进入读书人与非读书人的日常生活时，读书人如何寻找新的有别于其他阶层的行为方式以构筑其作为读书人的身份认同感？一个懂得读旧书、懂得欣赏旧书的人必定是有文化、有素养、有阅历的人。因此，知识群体通过对旧书、旧书店及书铺、书摊的歌颂来达到维护自身与其他群体相区隔的目的。这或许是尽管许多知识分子既光顾新书店也光顾旧书店与书摊，但在他们所留下的关于书的回忆性文字中，多半是津津乐道于旧书店、书摊上的种种趣闻以及对旧书的赞颂，而鲜见对新书、新书店的描述的一个内在原因。

中山书店在日益衰败，全世界也一样。这几年，许多有相当一段历史的古书店都关张或者萎缩了，但并不能说明读书人变少了。在这个问题上，我是很乐观的。

张家边商业街上热闹喧嚷。

张家边市声

在中山生活这么久，觉得中山的人很少，晚上九点一过，路上则少见行人和车辆。岭南滨海小城的夜色静寂，让人拥有这闲暇去把往事想得很深很远。有一次，我去到广州，一走出地铁口，即感到人烟拥杂的热气扑面而来，一大群人急匆匆地拥簇而去，我疑心发生了什么事，其实这只是别人的日常走路姿态。

张家边商业街一带是个例外。笔直的东镇大道被两条商业街截成“工”字形。东镇是个古地名，在清末至民国初期称东乡，但现在的行政区比以前的东乡范围大为缩小，现在东区的一部分，如库充、土瓜岭、亨尾一带都纳入东镇范围。

东镇广场前面，一字排开各种小摊档，手抓饼、酸辣粉、凉皮、烤鱼、廉价奶茶之

在街头摆档的姑娘细心地为街坊理发。

类，酸、辣、凉，大概都是粤菜所反对的品质，它们的享用者是谁呢？每到傍晚，初夏阳光的热力减弱了，这里人影幢幢，拥拥嚷嚷，黄色的塑料椅上，坐满染着金发，肤白而相貌往往一般的女孩，翘起穿着塑料花拖鞋的长腿，三三两两抱怨这琐碎生活的不易。或有敞开紧身衬衫的纽扣，露出狰狞纹身的青年，他们大多瘦弱，以至于使这纹身失去了慑人的价值。街上，有在路边摆档的专门为邻居街坊理发的小店，用的往往是传统式的理发工具。街口，各种叫卖声连成一片，这叫卖声都是预先录制再播放出来的。我站在路口，听了大半天的叫卖声："广州最大的皮货厂，老甘皮货厂，老板老甘，吃喝嫖赌，欠下几千万，带着他的小老婆跑了……"觉得特别有意思。

有一次，在商业街对开的路口，我意外地发现了两个书摊，三四个蓝色遮阳棚下，板凳上搭着大块的平板，摞上一沓沓书籍。书摊，当然是以卖畅销书和工具书为主，有一家打出了"广东唯一地摊书批发商家，10元2本"的招牌，口气很大。有一个架子上叠有精装的大部头《鬼谷子全书》《曾国藩绝学》《中华上下五千年》。我还看到一本张爱玲从吴语翻译成国语的《海上花列传》，封面甚是花哨。来书摊看书的人真不少，有老头和中年男人，最多的还是年轻的女孩。有个穿着白色T恤，面容清秀的女孩抱着一本书，一只手还在挑挑拣拣，大概是准备买了，书名是《你是无法代替的风景》；还有一个小眼睛的胖姑娘，专注地翻着一本《桌脚仙女》，书名殊为费解，她看得这么认真，

商业街的书摊前，有不少来看书的人。

大概是不准备买了。这种书摊，我曾在童年无数天色昏暗的傍晚光顾过，前来逛书摊的人，面容都特别安静，我在人们热衷举办各种读书活动的城区，没有见过类似的书摊。

商业街附近，有一条大庙街特别长，街边都是密密麻麻的廉价服装店，人声沸腾，摩肩接踵。大庙街是老街，在二十世纪二十年代，有一次，"九月九大庙前洗手"，因潮水上涨，把张家边的街道都浸没了，直浸到原大庙。

街口有一块空地，搭上十来间烧烤摊，在每天的夕照下，烟火蓬蓬而起，低矮的桌椅上坐满为生活而奔波的人们。在明亮天色的映衬下成了暗面，光线黯淡，不辨面目，各种河南、湖北、湖南、四川……口音的吆喝声此起彼落。我觉得这里氤氲着一种古意，与高山流水、折柳调琴的士大夫无关。这古意从盛唐的坊市、汴梁的长街流传至今，人们就这样忙碌而奔波地生活着。

只是，我有时候会萌发一个奇怪的疑问：张家边一带成了外来人口的聚居地，当年那些以逐水草而生、捕鱼为业、讲一口白话的原住民，都到哪儿去了？

白水井中月

白水井大街的灯笼店挂了很多纸糊灯笼，色彩缤纷。

香港TVB电视台于2004年播出的电视剧《大唐双龙传》中，男主角寇仲用的刀名叫井中月。性子刚烈无俦的寇仲见井中月而悟道,为自己的爱刀起了这个颇有禅意的名字。隋唐的猛士，古井的月影，构成了一种奇特的差异之美，时兴的话叫反差萌。金庸、古龙虽然好，但《大唐双龙传》一书还是我的最爱啊，书里体现了一种少年不知天高地厚的锐气，厚厚的几大卷本陪伴我度过了爱胡思乱想的少年时代。

中山这儿有个地方叫白水井大街，一条普普通通的旧街巷，估摸有一千米长，从华柏路横折切入民生路老城区。这里在清末就有井，井水清澈，故名之曰白水。我印象中好像在附近看过一眼靠在墙边的小方井，用砖头压着铁丝网堵住了井口，大概就是这里了。广府一带喜欢把种和不起眼的小巷起名“大街”，也不知道为什么。

白水井中段面对面有两间灯笼铺，平时卖些手套、帽子、暖手袋之类的小玩意，每年的元宵节前后，店家就挑出几排五颜六色的灯笼，缨穗纷扬，成为色泽旧而淡的老城区的一道亮丽风景。靠南的灯笼店，店主似乎是个白净的年轻女孩，又或者不年轻又不白净，只是我记忆的重构，我只记得去采访她的时候心里头有点紧张。她会做手工的四角纸糊灯笼，可以燃蜡烛的那种，虽算不上多么精致，但是颜色和图案都颇素净，许多成品和半成品挂在光线昏暗的店里，有一种微妙的阴翳之美。

在那些因加班而错过饭点的夜晚，我喜欢裹着羽绒或者拖着凉鞋，从华柏路转进去白水井大街，走一段路灯昏暗的夜路。两旁多是八九十年代建的旧楼，白天墙面斑驳，窗棂生锈，一派凋敝。然而到了晚上，时有犬吠如豹，或有猫叫似儿啼，暖黄的灯光从窗帘透出，空气中有饭菜的焦香味弥漫，微微有点呛鼻，却令人感到愉悦——这里有很多人在过着我所不了解的生活，每一扇窗背后都藏着一段不足为外人道的喜乐与哀愁。这一切都与我无关，又如此让我感到世界与自我的真切存在，世相如此丰盈而真实，并不虚妄。

走到另一端和民生路的交界处，眼前突然明亮并吵闹起来，这路口颇多吃食小店，并且营业到深夜。这儿的店，顶有名的是“满足面”，有四个店面大小。大大的招牌下面，用某种不常见的电脑字体印了一行类似对联

与民生路口的交界处，有家生意很火的食店叫“满足面”。

的文字："穷也罢，富也罢，吃面吧；苦也罢，乐也罢，喝粥吧。"经常听人提起这句话，以为很有意味，我却实在觉得什么意思都没有，不过是穷措大（比喻贫穷的读书人）故作豁达语，对得又不工整……大概要求面店很有文化，我觉得既苛刻又没必要，我只是不爱"故作"罢了。

"满足面"生意特别好，每次来都是一派熙攘、明亮、吵闹的景象。这里的座位似

乎是有弹性的，不管人再多，来到挤一挤，总有个角落能让你坐下来。店员有项神奇的技能，食客不领号牌，任你坐在哪个不起眼的角落，他们都能精准上菜，分毫不差。出名的菜品好像是混酱肠粉和阳光猪扒饭，所谓混酱，就是加了番茄酱、酱油和花生酱，猪扒饭分量极大，等闲人吃不下。对于我这个口味挑剔的潮州人来说，这里的菜品实在没有太多可以让我留恋的，但我还是偶尔会来一来，看看此处的熙攘、明亮和吵闹，看看形形色色的师奶、白领和学生哥在这里举行一种名为吃饭的仪式。我的朋友阿城说，他喜欢看烟火气十足的日常生活，不知道为什么，我也是。

走到民生路口，有一家“皇茶”店，生意特别火，每次来都排长队，好像最近由于“皇茶”的山寨产品太多了，各种杂牌“皇茶”店汹涌而出，老板一怒之下将“皇茶”名改为“喜茶”。还有一家在中山很出名的粥粉面店“顺柚记”，正对着白水井大街，门面不大，深深地延伸进去。厨房安排在门口的玻璃橱窗中，十几个小炉上白粥翻滚，烟气缭绕，大厨在其中，宛如掌控时空的神祇，看一眼点单，在粥锅中眼疾手快地添加各种食材。这儿的南朗鸭粥和虾酱炒肠粉挺好吃，分量也很足。

距离我第一次到白水井大街很久之后，我读到一则关于它的档案：白水井遗址位于中区民生中路与白水井大街交界处南侧，其面积近千平方米；1992 年 8 月被发现，由中山市文管会与广东省博物馆联合试掘探方 1 个；1993 年 10 月由广东省文物考古研究所和中山市博物馆合作发掘探方 4 个，共 135 平方米。

民生路与白水井大街交界处南侧，啊！这里不就是“满足面”所在的地块吗？在这每天生产无数混酱肠粉和猪扒饭的店面之下，竟然深藏着远古人类艰难求生的痕迹，我不由对它肃然起敬。此处的遗址，第一层为扰乱层，出土有宋代至明清及现代瓷片和砖瓦；第二层为文化层，挖出了五千年前新石器晚期的沙丘遗址的陶器。五千年后，这里又将是什么样的景象呢？“满足面”也将成为扰乱层的一部分，还是能形成独立的文化层呢？后人来到这里，翻阅前代的档案，会不会也有“故城废市古今叹，断角残钟朝暮愁”的喟叹呢？届时，这里的繁华人事，大概就如晚清的悠悠月色，湮没在早已废弃的古井之中了。

公车上书

我曾乘坐公车，在傍晚时分穿梭在老城区中。

在日本京都大学，学生们成立了一个“不便益系统研究所”，旨在在科学技术突飞猛进的今日，重新发现日常生活的种种不便中存在的益处。对于不便益的留恋，更多的是情感上的因素，并非真的要对抗科技进步，正如收到朋友寄来的一张翠墨淋漓的信笺，逛一家将要关门的实体书店，都是如此。我爱它们，但并不意味着我对Email和电子书有意见。

在中山住了将近三年，外出多坐公车，习见诸如线路设置混乱、车次不准时一类的怪状，不便甚矣，其中也自有值得回味的益处在。

其实我很愿意在大学附近搭上一辆载满周末逛街的年轻女孩子的班车，虽然年轻并不意味着漂亮，但是满车香风，莺声燕语，总会让我想起那段虚掷了不少年月的大学时光。事实上，由于出行的时间不对，我碰上的往往是头发花白的阿叔阿婆，他们坐车去公园或者菜市场，而且似乎彼此相熟。

初来中山的时候，人生地不熟，我坐在公车上用手机地图费劲地寻找一个叫长乐新村的地方，隔壁一位阿婆扶了扶眼镜偷瞄我的手机，然后用一口石岐口音的白话对我说："我系中山住咗几十年，从来未听过呢个地方。会唔会系库充个边？"后来事实证明了，她所指的方位和正确的地点一东一西，完全相反，但我仍然感激这一份善意，我觉得她没有理由来整蛊我。

讲完了车上的人，再说说车上的风景。我曾经在清晨搭上公车前往镇区，当时天微微明亮，街上行人寥寥，向车窗外望去，一个个岭南小村镇仿佛睡眼惺忪地醒来，随即市声渐起，遵循着日出而作的古老习惯，开始了乡民所谓的"天光墟"。这个时候，市区的白领们大概还在和枕头做抵死缠绵，或者翻身看看手机想想还能再睡多久。

我曾乘坐公车在傍晚时分穿梭在老城区中。当太阳在天边收尽最后一缕霞光，苍茫的暮色如潮水漫过旧城，漫过民国时期屋顶冒出荒草的红砖洋楼，漫过八十年代外墙斑驳、窗棂生锈的楼房，触目可及的街巷店铺都染上一片奇异的灰蓝色，行人变得面目模糊。于是一盏盏红色的路灯亮起，巷口的中药店灯光却依旧昏暗，秃头的老板似乎准备打烊，我睁大了眼睛，在街边的墙上辨认出

三个歪歪扭扭的红字——“磨剪刀”。仿佛下了车，走入那一条灯光微弱、人声隐约的长街中去，一直走，就可以走回过去。可是我还要回家。

午后坐车，吃饱饭类似于微醺的心情和摇摇晃晃的车厢，能让我更有空暇来回想这并不跌宕的二十来年遭遇的悲欢和人事。有

我喜欢在清晨坐上公车，看看窗外的风景。

一次，坐着公车穿过一条长长的老街，午后的日光透过浓浓的绿荫，凝成小小的圆片洒落，风一吹，满地的光影荡漾。行道树细叶榕低垂的枝叶总喜欢和公车车顶摩擦，发出一串串愉快的声响。

这个时候，老友给我发来一张照片，读小学时的同桌已经结婚生子了啊，如今是一副少妇模样。她并不是我的初恋，我却清楚地记得她的眉目脸孔，纯粹是因为她长得漂亮可爱：大大的、水汪汪的眼睛，光滑而微黑的皮肤以及一头乌黑发亮的长发。小学毕业时，我们按照惯例交换了照片，当然是贴徽章的证件寸照。

读初中时，我带着炫耀把她的照片拿给我的同桌周君看。他很喜欢这个女孩，希望能得到这照片。当时我的心理颇为矛盾，白送是不舍的，卖又太不仗义，最后终于想出了一个好办法：我刚好买了一块伍佰的唱片磁带，买回家后发现非常难听，那就由周君以原价五块钱把它买下，我把照片相赠。嗯，这就两全其美了。

后来吧，我和那个女孩、周君考上了同一所高中。女孩交了个不帅的男朋友，并且

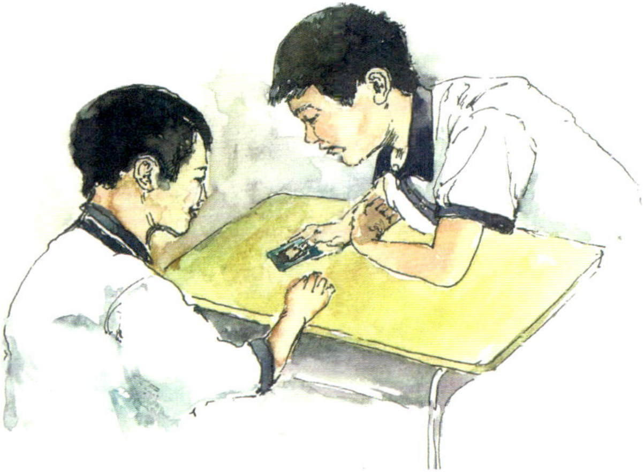

读初中时，我带着炫耀把小学女同学的照片拿给同桌看。

左手只有两个指头，因此被人恶毒地起了个外号叫“阿蟹”，因为像蟹钳吧，我发誓不是我起的。再之后，我对那女孩留下的最后一个印象就是，高考的时候她数学考砸了，就坐在花圃边上哭。她学习非常努力，但是成绩一直不好。

这就是我和我小学同桌、初中同桌的故事，好像跟公车没什么关系吧。但我还是想讲，而且要把它放在文章最重要的位置。这么多年过去了，不知道周君是否还保存着那张照片，应该会的，他是一个何其细心并且记忆力出色的男生。

“世事悠扬春梦里，年光寂寞旅愁中。”人生这班公车在暮色中摇摇晃晃地前行，我习惯坐在后排发呆，看着有人上车了，又有人下车了，曾经吵吵闹闹，也曾经安安静静。走过的人说公车停了，坐车的人说公车在走。

岐头风物

岐头文化公园里的凉亭，颇有古韵。

来到中山之后，我在这个叫岐头的小村里住过两三个年头。说是村，然而在官方的建制中它已经归入社区，变成了城中村。

这处小村，相传由郑、林两姓人建村，围绕一个小土丘成“门”字形聚居。小土丘名大顶山，颇有中国人缺什么叫什么的意味。据林家族谱载，始祖林东汉于明嘉靖初年从福建迁居于此。清乾隆初年曾称茄头；又因其毗邻石岐，且方言“茄”与“岐”谐音，清道光初年改称今名。

这里并没有什么彪赫的过去和奇伟的人物，发生过的唯一值得载入地方志的大事，就是 1996 年 12 月一口铸于清乾隆十九年（1754 年）的大铁钟被盗的事件。作为村中天后宫的唯一遗物，这口铁钟是何人所盗，流落何处，已经不可稽考了。村中曾有河涌

可以直通岐江河，现在也没有了，只留下一条“涌边街”，隐隐约约提示昔日溪流的形迹。

村口的天后宫虽然香火不甚旺盛，但在浓浓的绿荫掩映下，却显得尤为宁静淡雅。闲时，很多村里人会去岐头文化公园闲逛歇息，有跳广场舞的、嬉戏追逐的、悠闲散步的，生活很是惬意。

站在岐头文化公园，眺望今日的岐头村。

村口的天后宫古韵犹存，宁静淡雅。

村里道路中，枝枝丫丫横生斜长，即便方向感极强如我，有时也会多走冤枉路。初来乍到的那个夜晚，凉风忽忽，秋月明净，我想抄近路，于是一头扎进了村里去。走了一阵感觉方向不对，来来回回兜了几个圈而不得出。村里的长长的小巷路灯昏黄，但闻人声隐约而不见人影，时有犬吠如豹。拐了个弯，突然明亮起来、热闹起来。路旁有一口水井，井旁有七八个妇女在浆洗衣物，旁边也有小孩在玩耍。我突然有一种奇异的时空错位感，在一座典型的岭南村落中，路边民居的形制和富有岭南风情的檐角灰塑清楚地证明了这一点，然而我的耳畔却是哄哄闹闹的湖南话、河南话，以及好几种我分辨不出的口音，这条村子好像突然被异乡人所占据，而原住民都不知所踪。最后，我终于依靠一座光明庄严如圣殿的建筑的提示确定了方位，成功走回家了。这座建筑是一个菜市场，以欧式风格建成。

过了一段时间，我白天路过那口水井的时候，看到井边墙上写了这么一篇墨色陈旧的告示：

“此水井为本村主要饮用水源，近日发

现有少数人不顾卫生，用吊水桶打水后，再用该水桶洗头及洗衣服，再重复打水，致使井水污染。今后禁止在水井范围内洗头，如仍有此等情况发生者，即每人每次罚款一百元，决不姑息，希各知照。”

岐头村颇有传统乡村那种丧失了时间性的特点，村里的生活日复一日，一成不变。直到去年的秋天，位于小土丘下的一幢小楼发生了一件凶案，一位19岁的少年刺死了他18岁的表妹，逃到二楼窗户屋檐处躲避，期间还利用手上带血的凶器自残，其杀人原因则不详。

这世相偶然向人露出狰狞的一面，立马就是家破人亡的大惨事，于旁人则不过徒增数日的谈资，千百年来都如此，似乎也怪不得谁。在这凶案现场的附近，每日夕照，放大光明，整座大顶山都沉浸在宁静的落晖中，恍恍惚惚中有钟声从不可知之地传来，鱼龙寂寞，江山青青，细细辨认，似乎可见那口遗失之钟上的铭文：“风调雨顺国泰民安岐头乡众信弟子虔铸金钟一员重两百余斤敬在天后娘娘案前永远供奉千祥云集万福攸同乾隆十九年岁次甲戌仲冬吉旦隆盛炉造。”

且听一日海潮音

在入园当面的海蚀崖上，嵌有“海蚀遗迹”四个字。

刚来中山一段时间，我游玩了一大半有名有姓的山水。虽说失望时常多于惊喜，但是寄情丘壑，总比让我这个社交恐惧症患者去应付各种无聊的人事为好。

去黄圃石岭山的时节是一个荒凉的初秋。大概因为雾霾的缘故，天空被日色映照出微黄混沌的光。秋风凉，木叶落，风物凄清，天幕下的尘世沉淀成渣，仿佛魏晋年间的风景，实在是个怀古的好辰光，只是我的所往，又要从魏晋往上倒推三五千年。

石岭山海蚀遗址在中山黄圃。据中国科学院地理研究所《珠江三角洲形成、发育、演变》一书叙述：中山是在三次海侵和三次海退的过程中发育起来的冲积平原，时间是5000—7500年前的大西洋期海侵期。

据黄圃地方志记载，距今不过1600年

的东晋元熙二年（420 年），黄圃镇一带才涉人迹，初隶番禺，后隶南海。珠江口的古海湾环境不适宜人类居住，只有变成陆地之后才能涉人迹，因而东晋应为黄圃成陆的时期。当年中原衣冠南渡，王谢世家子弟玄谈终日，风流自若，而此地还是一片莽苍苍的泽国，有与天争命的先民迁徙而来，刀耕火种，艰难求生。这样想来，黄圃倒有一种历史的寥廓。

海蚀遗址被围成一个遗址公园，位于观仙中路。在这个充满魏晋气氛的日子里，观仙实在是一个能够引发遐想的地名，而实际上不过是一条颓败的乡间水泥路，时有突突突的手扶车来往。到了公园大门，有一家小卖部，一家农家餐厅，一位无精打采的中年妇女在收门票，门票是二十元还是三十元，我记不清了。

进了大门，天色明亮，新修的水泥道路一片惨白，这偌大的公园空空荡荡，静如太古。怎么说呢，栽种的树木稀稀疏疏，半死不活，山脚下挖了几个大池子，池水是一片呆滞的浓绿色，就像旅游区卖的假玉的那种菠菜绿。有一个池子竟然漂浮了一只两三层楼高的大黄鸭！有点脏，有点漏气——那段日子正是荷兰的大黄鸭来中国的河流海域晃荡，引发人海去围观拍照的时候，我很高兴，终于在这里嗅到一点时代的气息了。

靠着公园的山坡，绢延出一大赭红色的

公园的池塘里漂浮着一只大黄鸭。

裸露的岩层，这儿就是古海蚀崖的遗址了。岩层夹杂着许多碎石与小洞，较大的小洞或有积土，生长出青草与灌木。在入园当面的海蚀崖上，嵌有“海蚀遗迹”四个不明显的篆字。我攀上了一处较为低矮的山坡，摸了摸岩层，粗砺而温热，恍惚有海潮音涌来。

公园的山坡上杂草丛生，有许多碎石和小洞。

这是自然的伟力留下的痕迹，而辽阔壮丽如沧海，在时间的侵蚀之下，也不得不步步退让，真是“沧海何曾断地脉，白袍端合破天荒”。

山脚有一巨大岩洞，当地传说八仙之一的吕洞宾曾云游此处，在岩洞中住过，因此清光绪二十年（1894 年），村民在此建有仙庙，供奉吕洞宾像。岩洞上刻有“玉泉洞”三字。不远处有一摩崖石刻，行书阴刻的“滴水岩”，为清代宝安叶颂苏所书。我想，吕祖如果把全国传过的他老人家去过的地方都跑一遍，也是累得够呛，他的“朝游岳鄂暮苍梧，袖里青蛇胆气粗”的霞举飞升的功夫，大概就是为这个而练的吧。

回去的时候又有意外的惊喜。一只半人高的大公鸡默默跟了我一路，把我送出了大门口。大公鸡精瘦而威严，顾盼自若。鸡冠殷红如血，羽毛黑得发亮，小眼睛透出一种慑人的光芒，爪子在沙地上留下如太古文字一样的爪迹，玄奥难解。这或许是一只斗鸡？它是此地的主人吗？我祈求它不计较我的冒昧闯入。

仁厚里中花木深

三个灰塑的红字“仁厚里”逐渐斑驳褪色。

古时的“里”，是指城邑中的街区，“里”的大门叫做“闾”，有个成语叫“倚闾而望”，讲的是老母亲在家等儿子归来，特别担心的时候就跑到小区大门口去等。从先秦至今，有两千多年了，母亲眷眷的心如此浓烈而悠长。家中有人相候，游子便不至于如飘萍一般无可归依了。

仁厚里的“闾”还在，如寻常人家的大门大小，夹在两间青黑色的旧屋之间，顶上又横横压过一间。三个灰塑的红字“仁厚里”已经斑驳难辨，麻石的门框上下各有两排孔洞，插上木棍就算关门。此处，当初必定曾是封闭式的街区，否则“关门”这个设定就没有意义了。门边靠着一架油光水滑的竹梯，竹梯遮着一块写满字的黑石牌子，这里原来还是1925年中山县农民协会成立的旧址。

满目春光，娴静如水，仁厚里两边的旧屋之间草木野蛮生长。尤其是一些荒废了的房屋，几乎被绿苍苍的藤萝覆盖，又时有亭亭的龙眼、枇杷与芭蕉将枝叶伸过墙外，把路面遮出一小片绿荫。不知道昔人去后，门户紧闭，它们又独自在风露中生长了多少年。仁厚里的老居民该有多爱花啊，红砖楼房的阳台上摆满大大小小的红泥或青瓷花盆，街边壁上也常筑有小花圃，青草如丝，葱茏可爱，空气中弥漫着令人心头熨帖的青草味，所谓“君不见春鸟初至时，百草含青俱作花”。街巷转角处一架鞭炮花开得“噼里啪啦”，

仁厚里的居民喜欢在
街边墙壁上种些花花草草。

很是热闹，有身材轻盈的白猫轻蹑架上，每见有人来看，就探出头对望。又有一家人为了防盗，在墙头栽上一排大概是仙人掌科的多刺植物，春天到了，深褐色的砖墙燃起一大片明艳的小红花，花色照人，远看就好像着了火。

仁厚里不仅可以寻芳，还可以怀古，香山名宦黄瑜的居所就在此处。据档案所载：黄瑜，字廷美，祖籍江西，明初定居香山石岐仁厚里。明景泰七年(1456年)丙子科举人。后以年迈告老归会城番山下，亲手种植槐树两株，又盖一凉亭，吟啸其间，世称“双槐先生”，卒年73岁。我在古籍数据库里找出了双槐先生的遗著《双槐岁抄》，共220篇，记录明朝的典制仪礼、自然变化、风土人情，系笔记野史一类的著作，且因记载了成化年间女真族与明王朝的战事，在康乾大兴文字狱之世被列为禁书。

黄瑜颇爱游山玩水，从长洲山、沙涌，南台、北台，到今日属于珠海的横琴山、三灶山，都留下了他的足迹，闲暇时还常跟朋友去紫马岭冶游，写了一首五律《游紫马岭憩天池与李司监弹琴咏歌》，又弹又唱地玩

满目春光，娴静如水，仁厚里两边的旧屋之间草木生长旺盛。

得很“嗨”（很高兴的意思）。黄瑜酷爱古琴，把自己的书斋命名为“友琴堂”，留下“清冷梅依月，悠扬絮过城”的句子。遥想明时的香山仁厚里，梅香冷冽，月色清明，有素心的书生抚琴，古调空灵，河汉无声，一座城池都静下来倾听。

我在满庭莎草的阳春三月来到了这里，目力所及的古建民居最古老的也不过清末，黄瑜的故居已经难觅踪迹了。东洋僧人鸭长明写繁华都城的豪宅，鳞次栉比，耗资千万，坚如金石，看似能世代流传，其实历经兵火，古屋之留存者极为罕见：“居者及宅邸无常之情形，便如牵牛花上之露。或露坠花存，花虽存，但一遇朝阳，立时枯萎；或花谢而露未消，虽然未消，终捱不过日暮。”仁厚里的妙人与逸事，却借助脆弱的纸笔，跨越了六百年的风霜，得以重现在我的眼前，这大概就是仓颉所造文字的伟力所在吧。

逸仙湖夕照

我一直在想人老了应该是什么模样。

三毛写过撒哈拉沙漠军团的一身戎装，挺拔如剑的西班牙籍老军官；电视上看到香港的商政精英，头发灰白，西装革履，一丝不苟，带着一点英伦老派绅士的遗风；我遇过来中山开会的历史学家汤天石先生，他身材高大，谦和温润，深蓝色的西装线条锋利如刀，一说话，满脸的皱纹就弯成好看的弧度。我总觉得，人老了要活成这样子才算不将就。所以我常爱去逸仙湖一带看老人和夕阳。

逸仙湖对面的华侨新村、延龄路一带，在八九十年代也是不错的住宅区，如今墙壁都被岁月浸染成青绿色和暗灰色，终于无可奈何地透露出一种暮气。幸好玻璃破碎的窗户，大多在夜幕降临时仍能燃起橘黄色的灯光，而人来车往，市声喧哗，路边摊有丰硕而便宜的水果卖，使得这片街区仍然有鲜活的灵魂在，不至于像北方三线城市的死城一样，只剩下崭新的空壳。

每一路公车，一到中山公园站，就哗啦啦地下了一班白发老人，又哗啦啦地上了一批。新乘客往往提上青菜、河鲜，或者带有水滴的绿植和鲜花，到了姜花的花期，有的公车司机会买来一束，白嫩嫩的、娇滴滴的，插在车头的空调出风口，满车的乘客都会比平时安静几分，这是岭南水乡旧时风物的遗留啊，即便“两岸芭蕉，小船欸乃”的风景已经逐渐消逝。

中山的老人似乎都彼此相熟，上了车就能随意找人寒暄，声音洪亮，有时嫌吵。老人大多热心肠，在车上遇见初来本地的外地人问路，于是用手比划，唾沫横飞，描述去路的三弯九曲，若有纸笔在手，想必会画一幅详尽的地图出来。他们显示了规则之外的人情所在，有时候并不讨喜，却让你如此真切地感受到这世界的人情味和自己的存在感。

老人来到这里，会走一圈逸仙湖公园，去一趟公园隔壁的光明市场，这就是青菜和河鲜的由来。逸仙湖公园的来历很有意思，

1959年冬，政府号召在当时已属城区北郊的员峰村和基边村开挖人工湖。干部、职工、居民、学生云集，投入劳动力三万多人次，在没有任何机械化设备的条件下，用人海战术，旷日持久，硬是用锄头、铁铲、泥锹、手推车等简陋的工具，把近两百亩的人工湖给开挖了出来，二十世纪六十年代初人工湖正式放水，既作公园的湖面又用来养鱼，在园内劳动的主要是一批“右派分子”。

我并不喜欢这个来历，带着“大跃进”年代的色彩，我觉得三万多人次的劳动力，应该投入去做更有意义的事，挖湖应当依靠机械，没有机械就应把人力投入到机械建造中。这种靠增加劳动力来提高产量的方式，在学术的语境中称为“勤业革命”，而在遥远的欧陆，人们殚精竭思以机器代替人力，由此产生了“工业革命”。孰优孰劣，大概已为历史所证明。

不管来历如何，逸仙湖公园终究是保存下来了。这儿的湖水荡漾，飞絮蒙蒙，垂柳暗如烟，绕湖的小径，树下的石凳，是一代代中山人拖小手的恋爱圣地。我想那些老人家为何那么喜欢来这个已有些过时、没有什

当年的逸仙湖湖水清澈、泛舟湖上，十分惬意。

么娱乐设施的公园，是因为这里由他们所亲手缔造，流淌过他们痴怨悱恻的青春年月。

中山的钓鱼协会就诞生在湖边；仙湖歌舞厅曾是石岐最好的歌舞厅；1986 年，人工湖东南角建成了儿童乐园；二十世纪九十年代，位于北门的仙湖立体声电影院是中山当时设备最好的电影院，那里亦曾有中山早期的健美中心、游泳池……八九十年代的朝气蓬勃的年月里，这里凝聚了一座城市的青春，这里的人们经历过物质的匮乏，重新享受起现代城市生活应有的丰腴和美妙。如今江畔建起了摩天轮，黄昏的时候辉煌的夕照从西天降临，倒映湖面，尘世沉淀成渣，湖柳一片金黄。此时，无论湖边有多少人，路上有多少车，总有一种挥之不去的孤独感盘绕，于是让我想起了醉翁写西湖的句子："笙歌散尽游人去，始觉春空。垂下帘栊，双燕归来细雨中。"

关于逸仙湖不好的记忆只有一次。那时候我还是个初出茅庐的小记者，听说湖里有人淹死了，赶紧坐的士赶到现场，尸体还没打捞上来，俯着漂浮在绿萍之间，双手上举，看不到面目。围观的老人七嘴八舌跟我拼凑出事实的真相：大概死者是个三十来岁的女性，昨夜被丈夫打了一巴掌，一时想不开跳湖了。有热心人把我引至一个干瘦黝黑的老头面前，说他和那家人是邻居，对内情再清楚不过了。老头对着我，食指和拇指对搓了一下，说："呐！哩个社会好现实，讲都得，比钱先啦。"我知道这个社会好现实，但他因为这个跟我要钱，不现实啊……

长洲不见烟雨

黄氏大宗祠七百余年来香火不断，出过几个响当当的人物。

矗立在烟洲大街口的长洲烟雨牌坊，初来的行人都会多看它一眼。

不远处是烟洲市场，卖菜卖鱼的摊档常常会摆到牌坊下头，偶有海鲜塘鱼的水腥味四溢，提示着此地岭南水乡的身份，可以让人联想到芭蕉、河涌、小木舟和阿娇等美好的事物。这里的楼房要么是城中村的握手楼，要么是八九十年代的旧小区，色调灰蓝，仿佛发了霉的褪色老照片。我在类似的地方住过，走在楼房间，抬头望见被电线分割得七零八落的天空，可令人萌生改变命运的勇气，或者增添生活给予的疲惫感。车水马龙、红尘喧嚣的富华道就在旁边，等车的、闲逛的、叫卖的、讲价的，人声车声搅成一团，又被禁锢在这灰色的无声的场景中，左冲右突而不得出。

这里多少有失“长洲烟雨”的名头，我一方面这么想，一方面却爱在这儿闲逛，特别是傍晚。天空霞光渐渐黯淡，底下的尘世如沉淀下来的渣，车流越发密集，店铺燃了灯光，吃饭的地方不少。有一些地方的灯光亮得过分，令人反感，还好橙红色的路灯还带着九十年代的色彩，有些“温老暖贫”的好意。我在这里瞎逛，感受生活的坚实以及存在的真切，也算是一种刷存在感的行为。

除了长洲烟雨牌坊，长洲还有两座名头颇大的建筑：黄氏大宗祠和烟洲书院。

抄一段《中山市地名志》的记载：“南宋景定三年（1262 年），新会县杜阮村的进士黄宪奉命到安南（今越南），归途遇飓风，漂至香山，回京复命后辞官迁居于此，繁衍成村。因地处马山、狮山周围，淤成狭长的沙洲，故名长洲。因朝暮时刻，沙洲沿马山上空烟雾弥漫，轻纱缭绕，有‘长洲烟雨’美誉，为石岐一景，故雅称烟洲。”这是“长洲烟雨”的由来，然而已经是数百年前的旧事。

黄氏大宗祠大概是这一脉的苗裔，七百余年来香火不断，出过几个响当当的人物，像书法家黄苗子、香港《大光报》主编黄冷观。

长洲烟雨的牌坊矗立在烟洲大街口。

抗战时期黄家的子弟多有沙场赴死的猛士，不曾辱没了家声，如黄冷观的四子黄中坚，1942年殉国于太行山，时任《新华日报》华北版第四版《副刊》编辑。我曾经在盛夏的雨后踏着落叶和积水走入了长洲的腹地，在宗祠的门口探了探头，见其高门大第，巨严肃穆，不敢进去。繁殖力的旺盛，宗族的认同感，形成了岭南地区如黄氏宗祠这样大大小小的共同体。想想那一个个弱小得可以被天灾人祸轻易抹去的个体，以血脉与乡情为牵系，相濡以沫，守望互助，维持了七百余年不灭的香火，仍然令人感动和振奋。

至于烟洲书院，现在是烟洲小学所在。清光绪三十二年（1906 年），乡绅黄虞臣等人拨出四百多亩田地与十多间店铺作校产，将所收的租金作书院经费，供长洲的子弟读书。清末新政，废科举，兴学堂，黄冷观回到了长洲村，将烟洲书院改为烟洲小学，同时制订了严格的校规教育长洲子弟。

烟洲书院前，庭院清静，还保持着古朴的韵味。

我曾读过一份民国38年（1949年），落款“长洲乡中心国民学校儿童乡、烟洲小学学生自治会”的《儿童节宣言》，其时的儿童节是四月四日。该宣言是一派新文学的文风，倾诉中国连年的苦难，生民的不易，以儿童的口吻，写出对成人的期望，对未来的愿景，恳切、热烈而纯粹：“连年的战争祸患，使多少民族新生的幼苗遭受夭折的悲运，也令几许纯洁无邪的小孩，陷于堕落的苦境……人类的天真，似乎仅能遗留在我们儿童的身上，所以我们直率、真诚、无伪……你们成长的一辈，难道不能把眼光放远些吗？为了你们本身，更为了象征着人类希望的下一代，你们都应该真诚坦白，协力创造新的现实，准备未来交给我们接替！”作者是谁，后来命运如何已不可考，大致可以推断出，是一位白话文写得通畅明白的青年教育家，视野宽阔而立场中正，对国事、对教育、对儿童都有一种感人的热诚，或许是在长洲喝过洋墨水的名流，又或者是学校的教师吧。

说到底我只去过一次烟洲书院，那里庭院清静，还维持着原貌。当时看了小学生汇演，他们穿着汉服，拿着折扇，念着《弟子规》跳舞，好像意思不大。

月满兴中道

兴中道的一头是气派十足的孙文纪念公园。

来到中山，我对它的第一印象就是兴中道。

那时正值初春，我住在兴中道与中山路交叉处的小酒店，第二天要走到兴中道尾的电视台面试。夜灯初上的时候，我跑到外面觅食，沿着兴中道浓浓的绿荫，走到了假日广场。这么宽的路，满眼葱茏的草木，路上的车辆和行人那么少，这是我见过的最好看的路。有一位二十年前趁着“孔雀东南飞”的大潮，从新疆来到中山的前辈，他对兴中道的印象可能更为强烈：“我们那里都是沙子啊，来到中山，看到这条路，花这么红树这么绿！”

兴中道全长差不多三公里，慢慢走完差不多要一个小时，路两边各让开一大块绿地，可供鸟与行人歇息。在寸土寸金的城中心竟这么舍得，可见当初主持兴中道修建者的大气。兴中道两头，一个是市人大大楼，一个是孙文纪念公园。小山坡上的市人大大楼，门口有一个金属质感的大圆球，俯瞰兴中道，可以看到圆球、绿化道和孙文纪念公园的孙文大铜像在笔直的一条线上，“强迫症”患者看着此景，不要太爽哦！

路上有个小公园叫兴中园。清晨，这儿鸟声婉转，常有老人用竹竿绑了海绵笔头，蘸着清水在石板上写字，随写随干，我看过好几次，都没发现写得特别好看的。我很怀

白天的兴中园里，有精神的老人凑在一起跳舞。

疑这种做法是不是练习书法的正途，但似乎有健体的功效。练字的老人走后，则是各种练习太极拳、太极扇、太极剑的老人过来，服饰整齐而鲜明，这种不苟且不颓唐的暮年，如此专注于一项健体运动，颇令人振奋。夜幕降临，明月升起。兴中道其他路段都安静下来，路上少见行人，只有兴中园人声鼎沸，有来自五湖四海的、各个年龄段的人在跳舞，伦巴舞、恰恰舞、广场舞混杂。有路过时随意加入的年轻人，自然而然地跟着音乐跳了起来；也有风度翩翩的白发老人，与盛装的年轻女子一并起舞；某个角落里，有身材火辣的舞蹈教师在教舞，不阻人旁听。第一次见到这番情景，我被深深打动了。这个民族少有的这种肆意而无功利性的狂欢传统，我在其他地方倒从未见过。

夜深，人声渐渐低落，金色的月光慢慢倾泻下来，洒满整个兴中道，兴中道彻底安静了下来。我总感觉，这里才是这座城市的灵魂所在。

这条路上，我最喜欢的建筑是已不复存在的中山市图书馆旧馆。图书馆大门朝着兴中道，后头是长年不见人的科技馆，我一直不知道这个场馆是什么用途的。图书馆的馆名，由杨尚昆题字，门前有两盏很特别的灯：灯座颇具古意，作人形，戴高冠，看服饰判断应该是唐朝服制，但服饰没有领子，大概是为美观而被稍作改动了。人像两手各持一灯，每当夜幕降临，便隐隐透出橘黄的、静谧的灯光，照亮不了多大一块地方，却让路过的人看了心里安静。

中山纪念图书馆原在老城区的西山寺上，1937 年开馆，公共图书馆的历史则更为久远。清光绪十四年（1888 年），丰山书院主事黄绍昌建“寿香楼”，向乡绅倡议捐献书籍，还亲手制定“藏书约”，让读书人按约借阅藏书，可见其当时文化之昌盛。我对位于兴中道的图书馆，有着特殊的感情，纯粹是因为它特别像我大学时代的图书馆，一模一样的瓷砖外墙和水泥地板，连建筑格局也十分雷同，大概同属于二十世纪九十年代初的建筑风尚吧。每次踏入兴中道的图书馆，我都仿佛回到了纯粹为乐趣而读书的学生时代，那是一段温暖而寂寥的岁月。这里的藏书一般般，哲学架上大半是心灵鸡汤和成功学之类的书籍。我在这里陆陆续续借过金冲

在兴中道上，我最喜欢的建筑是
已不复存在的中山市图书馆旧馆。

及先生著的一套四卷的《辛亥革命史稿》，最后只读了第一卷。

后来听说要建新图书馆，需把旧的图书馆拆了，可是已过去三年了，新馆还不见模样。新馆建筑工地蓝色的铁栅围墙上还贴着“中国梦”的公益广告，有野生的三角梅探出墙外，枝叶蔓蔓，长成一大架子，花期到了，便如火般绚烂，燃烧了小半面围墙。

每一年的四月初八“佛诞”，
村里的男人会舞动醒狮，气魄豪壮。

刚到中山的时候，工作的地点就在大柏山到山际尾一带，我常常去那里闲逛，现在少去了。

大柏山的牌坊处，村头栽了棵大榕树，树干可四五人合抱，树冠亭亭如冠盖，气根四垂。这棵大榕树大概当年与大柏山村一起成长，沧海桑田，如今乡村变成城市，它也就完成了自己守护的使命，慵懒地蹲在村头，看着南来北去的人们，如同当年一样忙忙碌碌，为生计奔波。

浓浓的绿荫下是一个小型的菜市场。在城区，这种街头农贸市场已经很少见了，清晨，走在这里，洒过水的青菜在阳光下闪耀着奇异的光芒；卖鲜鱼的摊档前，时常能听到鱼尾拨水声，似乎鱼不甘于被煮的命运；猪肉摊的老板，常常站在一倒挂的红白相间的大猪腿后面，扎着一块油腻腻的围裙，半裸着身子，有一次，我在肉案上突兀地发现了一颗惨白的圆球，端详了好久才知道那是一颗猪眼珠，硕大的，软软的，带着血丝，我深深地记住了它。

沿着大柏山正街走入村子，过了华苑大街，街名悄悄变成了山际尾正街。这儿的民居沿街开门，夏天傍晚的时候，为了纳凉，

观音庙屋檐上有灰塑的双龙抢珠，气派十足。

居民们都把大门敞开，走过便可以看到其中家庭的布置，厨房不时传来噼啪的油爆声和饭菜的香味，好像在提醒我：赶紧回家吃饭啦，别在这里瞎逛！走完这两条正街，路过了许多人的生活。

大柏山和山际尾有三座庙：一座是柏山古庙，一座是先锋庙，一座是观音庙。

先锋庙祭祀的应该是杨家将。庙门口的对联是“声灵周六宇，英勇冠三军”，庙楣上挂着一块木匾“功勋在宋”。木匾很是考究，镶上金边，布满流畅的云纹。先锋庙的建筑看着不像是旧物，但门楣庙名落款却是“道光丁亥仲冬穀旦”，道光丁亥即1827年，穀旦代指吉日，或许重修了庙，仍用上旧额也未可知。记得广州曾有媒体报道过当地的先锋庙，说是杨家将后人所建。这肯定是想太多了，因为珠江三角洲的先锋庙，现存的至少有几十处。

观音庙是个奇妙的存在。在山际尾的牌坊入口不远处，三座小庙挨在一起，形成一处颇为气派的建筑，屋檐上有灰塑的双龙抢珠，龙形矫健如欲腾跃，鳞甲宛然，须髯怒张。龙眼和龙珠处装了小灯，暮色降临，便

分别透出黄光和红光来。观音庙的三座小庙分别是观音庙、财帛庙、康帅府。观音庙可求子保平安；财帛庙求财，人口繁衍，财货丰裕，正是一座村庄赖以生存与壮大的基础；而康帅府又有什么样的象征呢？康帅府祭祀的是北宋抗辽名将康保裔。康保裔为戎马世家，祖父、父亲都战死于沙场，宋史记载他“屡经战阵，身被七十创”。契丹入寇，保裔率军战于河间，被辽军所困，左右劝他易装逃脱，他说：“临难无苟免。”杀伤甚众，终于战死。保裔爱恤士兵，曾经借数十万贯的公款劳军，他死后，旧部纷纷变卖器物，帮他偿款。皇帝知道之后，免了这笔债款，并厚赐康家。被人视为孱弱的北宋，也有这样的豪侠男儿，实在配得上千百年后一个南粤小村为他燃起香火。每一年的四月初八“佛诞”，村里的男人舞动醒狮，气魄豪壮。此处，阳刚尚武的南粤民风犹存，我大概猜到先锋庙、康帅府至今仍香火兴旺的原因了。

方志记载，大柏山一带有一块古碑，我去了几次都没有找到。幸好方志录有碑文，记载了清光绪十八年（1892 年）的一桩案件：

濠头村民郑杰英来县衙控告柏山村匪打

先锋庙的庙楣上挂着一
块木匾，写着“功勋在宋”。

伤了他的弟弟郑宾门。知事仔细调查之后，公布了案情。原来柏山一带向来多有禽鸟栖息，村民订立了不许打鸟的乡禁。濠头一带练丁，即地方民兵，有一个叫刘四的人，纠合了三五个同僚来到柏山用火铳打鹤，柏山村民大怒，集合了青壮年打上濠头寻仇，却误伤了村民郑宾门。

案情并不复杂，知事一方面公告说，双方都有错，一方面却不见对柏山村民的责罚，对于打鸟的练丁刘四，直接开除，并责令濠头团练统领郑兆龙严加约束部下，如果再有约束不力，郑兆龙则须革职。公告称，柏山既然有不许打鸟的乡禁，练丁还明知故犯，实在可恶。今后柏山村民再发现有违禁打鸟的人，可以绑了送到县衙，但有一点要求，即不许动用私刑打人，县衙自会严肃处理。这里，柏山村民有不许打鸟的乡禁，固然有避免打鸟伤人的考虑，体现着敬天厚生的古风，面对地方武装亦敢打上门去寻仇，同样体现南粤不畏强暴的血性民风犹存；而县衙对于民间乡约的尊重，对于“半体制内”的练丁不留情面的处理，颇值得当代人去寻味和思考。

村在江湖之间

五百年前的香山，一边是莽莽苍苍的原始森林，空翠蒙蒙，杳无人迹；一边是涛声喧天的古南海。中原走马灯似的改朝换代，名城大邑的繁华与兵戈，与这里无关。早期的香山居民，很可能是以渔业为生的水上疍民和以打猎为生的山间徭人。其中的疍民以船为宅，大半辈子漂浮在水上，或编蓬依水而居。

石岐的大墩村旧名疍家墩，曾是疍民聚居的地方。大墩村沿岐江河而建，1959 年，另一头挖出了逸仙湖公园。这是个位处江湖之间的小村落，如今改制成了社区，由居委会管理。

一个初夏的傍晚，我从“大墩”牌坊下穿过，沿着长长的村道走入村中。其时正值黄昏，整个村庄沉浸在一种橙黄色的、宁静的光芒之中，又因此前连续下了几天雨，村中的草木吸足了水分，趁着好季节疯长，洋溢着无穷的生机，让这黄昏不至于显得颓败和凄凉。

大墩村，一边是沿着逸仙湖的湖岸线延伸，湖边如凤凰木和木棉一类的乔木，长得出奇的高，树冠如盖，亭亭参天，整个村庄有一小半低矮的平房被掩映在这片绿荫下。初夏的蝉感受到了这万物茂盛生长的好时节，拼了命地叫，蝉声如波涛一阵阵地袭来，间有日暮归巢的鸟鸣，让人愈发心宁。好声音能够隔断坏声音，如汽车的轰鸣和喇叭声，被蝉唱远远地荡开了，它们才是夏天的主角。

大墩村里，以民国时期的旧房与二十世纪八九十年代所建的旧楼房为主。村中多猎狗，且不怕人。有位阿婆坐在自家门口，编着竹篾，不知道要编出什么东西来，两只大黑狗在她身边以舒展的姿势卧倒着，对我不屑一顾，大概是深信此处没有能伤害它们的东西存在。

有一家废弃的商铺屋檐下形成了一个三角形的可遮蔽风雨的角落，藏着三只小脏猫，见我靠近来看，一只揣小手作淡定状，一只蹲坐眯眼作蔑视状，一只醒目些的睁圆了眼睛作逃跑状，然而它们都没有跑。三只猫的身边有一个圆盆装有清水，一个塑料饭盒装了大半盒猫粮，甚至还有一个饭盒盖装了几条小鱼干一类的物体，应该是村里头年轻人的接济——老人家大概不会去买猫粮。

村中有一条村道，中间栽了一排细叶榕和樟树，黄昏的夕照一点点透进来，有种奇异的阴翳之美。沿着绿荫村道走三四百米，即可看到一棵大榕树。旧日的村庄都有一大

一家废弃的商铺屋檐下，藏有三只可爱的小猫。

榕树，安放村庄的精神或灵魂，我想这棵树也是如此。榕树的枝干并没有很粗，却极力地向四方舒展，以至于树冠长成一个半球形，笼盖了五十米方圆的一片地方。树下安置了几处神社灵位，最显眼的是一处“来龙聚气”的牌位，前有祭坛和香炉 左侧有焚化纸钱的炉窑。旁边还有两处小小的石刻楹联，上联看不清了，下联是“昌际满铁城”，铁城是石岐的旧称，一村的祭祀活动，要祈求一城的昌盛，气魄实在不小。

大榕树下还有一处惹眼的地方，那是一处小庙，门口挂了三块牌子：大墩北帝庙 大墩天后圣母庙和大墩慈善基金会。我站在庙口看了一眼，北帝像有一米来高，披发华服，左侧是小小的天后像，不足一尺。北帝即真武大帝，主北方玄水与兵戈，神位肯定是要比天后即妈祖高的，神像大部分是符合礼制的。这两位与水有关的神祇在此，揭示了村庄隐藏在幽暗历史中的过去，村民们的先祖都是曾与天争命，将一生付托于江湖海洋的搏浪勇士。至于慈善基金会，我知道大墩村颇有几个孤苦和残障的老人，我与一些志愿者来探望过他们，听闻他们的生活得益

荣记食店的猪骨粥十分出名。

于这种村野间的古老互助组织，无论如何，这种温暖都是令人感动和安心的。

太阳渐渐下山，榕树下的荣记食店渐渐聚集起食客，听说，这里的金牌咸猪骨粥很好吃，不过我没有试过。这座江湖之间的村庄，有点褪色，有点过时，到处弥漫着一种辛劳、笃实、微苦的气味，它并没有颓败和朽坏，还为许多人所记挂。

中山出版
ZHONGSHAN PUBLISHING
香山承文脉 好书读百年